刑警是怎样炼成的

王磊 著

北京联合出版公司
Beijing United Publishing Co.,Ltd.

图书在版编目（CIP）数据

刑警是怎样炼成的 / 王磊著 . — 北京：北京联合出版公司，2021.8（2021.9 重印）
ISBN 978-7-5596-5187-7

Ⅰ. ①刑… Ⅱ. ①王… Ⅲ. ①长篇小说—中国—当代 Ⅳ. ①I247.5

中国版本图书馆CIP数据核字（2021）第058954号

刑警是怎样炼成的

作　　者：王　磊	出 品 人：赵红仕
责任编辑：徐　鹏	特约编辑：郭　梅
产品经理：张建鑫	美术编辑：任尚洁
封面插画：龟白子	封面设计：

北京联合出版公司出版
（北京市西城区德外大街83号楼9层　100088）
北京联合天畅文化传播公司发行
天津光之彩印刷有限公司印刷　新华书店经销
字数 177千字　710毫米×1000毫米　1/16　14.25印张
2021年8月第1版　2021年9月第2次印刷
ISBN 978-7-5596-5187-7
定价：49.00元

版权所有，侵权必究
未经许可，不得以任何方式复制或抄袭本书部分或全部内容
如发现图书质量问题，可联系调换。质量投诉电话：010-88843286/64258472-800

也许很多人都对刑警这个职业感到好奇，
其实它本没有那么神秘。
刑警，只是像你一样的普通人，
只不过他们为了心中的那份坚守和责任，
在疲惫不堪的时候没有选择停下脚步。

本作品根据作者真实经历改编、创作，
书中所有人名、地名，皆为化名，
如有雷同，纯属巧合。

目录

1 派出所 1
2 抓人 7
3 新鲜事 13
4 刑警来了 17
5 刑警队 25
6 第一个命案 31
7 询问笔录 54
8 专案组 59
9 除旧迎新 66
10 两个老千 72
11 一个老贼 84
12 书生杀人 96
13 迷雾重重 108
14 最混乱的一次抓捕 133
15 深夜蹲守 142
16 案里案外 146
17 故意杀人案 163
18 辣椒水 179
19 飞身一跃 185
20 惊心动魄 193

1 派出所

　　转眼距离大学毕业只剩两个月了，按照安排，我们这些即将毕业的警校学员就要去一线实习了。学院礼堂里，台上校领导正在滔滔不绝地讲这次实习的重要性和安全问题，台下的我们像是等待出栏的小牛，每个人都激动不已，身上散发着躁动的气息。我相信大家早已看不清是谁在讲话，最后那热烈又持久的掌声更像是我们每个人送给自己的。

　　坐在实习单位来接我的车上，我还时不时地整理下身上的学警制服，并告诉自己：大干一场的时候终于到了！下了车，站在派出所门前的时候，一种神圣的使命感和责任感油然而生。

　　"王晗。"负责点名的前辈喊道。

　　"到！"

　　"这就是你的师父郭志刚，实习期间你就跟着他，一切工作都要听你郭师父安排啊。"

　　点名的前辈话音刚落，一位40多岁、有点发福的中年民警接过我手中的行李，转身边走边说道："我先带你去宿舍。"

　　我赶紧收敛了心神，跟着眼前这位被指派给我的郭师父上了派出所三楼的宿舍区。郭师父推开挂着门牌306的房间，指着一个上铺说道："这段时间你就住这儿了，我先去处理个纠纷，你等会儿收拾完行李就去前台找我吧，记住我叫什么了吧？"说完他冲着我憨憨一笑，转身就出了房间。

我赶紧把头伸到门外问:"师父,咱们所前台在哪儿啊?"

等我收拾完行李、铺好床,战战兢兢地跟所里的其他民警师父打听明白前台位置的时候,郭师父已经处理完纠纷坐在了派出所的前台。

他看见我来了,笑着说道:"这回知道前台在哪儿了吧?"

我连忙傻傻地点点头。

"别在外边站着了,进来啊,我给你讲啊,咱们派出所的前台啊,就是个小的指挥调度中心,市局、分局布置的110警情都会先到这里,然后咱们的前台值班民警再把警情传达给咱们所的巡逻车,进行布警。外面的群众来所报案啊、咨询啊,咱们都是先在这里接待,明白了吗?"

"明白了,师父。那您看我先干点什么呢?"

"你先在我旁边坐着吧,看看所里都是怎么运转的。"

没想到的是,这一坐就是整整一天。除去两顿饭,我就这样在值班室前台陪郭师父坐着,看来所报案、办事的人来来往往,走了一拨又一拨,而郭师父这一天的工作就是不停地接听电话,通过电台布警,对来人笑脸相迎。我则基本上一句话都没有说过,像个傻子一样。

夜里,躺在床上的我突然感觉自己在学校学的东西根本没有用武之地,就连师父郭志刚的身影在我脑中也已渐渐模糊,他好像不是警察的模样,更像是我儿时看到的单位传达室的大爷。我甚至不敢想象自己以后身穿制服的样子,是不是也会渐渐变成那个样子……越想脑子越乱,渐渐地困意袭来,打断了我的思绪……

清晨6点,手机闹铃将我叫醒。在校多年的习惯已让我养成良好的生物钟,这一切都要归功于我们公安院校的军事化管理:每天早晨6点起床,雷打不动,6点20就要出早操,回来再收拾内务,排队吃饭、上课。多年的习惯已经深深烙印在我们这些人的骨子里,我手脚麻利地起床整理内务,将被子叠成一个四四方方的豆腐块。洗漱完毕后，我有点不知所措，就那么呆呆地坐在下铺的床上，期待着今天能碰上大案件，让自己大显身手一番。

我正在胡思乱想的时候，师父郭志刚走进宿舍，看了看我又看了看我的床，啧啧道："年轻人就是不一样啊，看看这小被子叠得。"他边说边开始换警服。

我赶紧起身回答道："师父早，我这被子在学校叠得也不算好……"

"行了，知道了，新时代的警察就要有高标准，对吧？但是我告诉你啊，来派出所实习可不像叠被子那么简单，要学的东西多着呢。今天咱们三警区值班，尤其现在是5月，天气热了，警情也多，晚上有的忙了，你跟着我好好看、好好学。"

"师父，警情跟天气有什么关系啊？"

"有什么关系？告诉你，天气热人就躁，事就多，盯完这个班你就知道了。赶紧跟我吃饭去，等会儿带你去咱们警区的办公室跟大家都见个面，都是你师父。"

到了警区办公室，我看见里面有男有女，坐着十几个民警。看见郭志刚带着我走进来，一个30多岁模样的男民警一边招手让我过去，一边对着大家说道："这是分到咱们三警区实习的警院学生，叫——"他望向我，"你叫？"

"王晗。"

"对，王晗，来咱们所实习一个月，虽然所里指派志刚大哥当他师父，可咱们也都算他师父啊，会什么别藏着，好好教教人家孩子。有事呢，别让人家孩子在前面冲，出了危险我可跟你们没完。"

我赶紧敬了个礼，还没来得及表态，中年民警继续说道："那咱们现在按照我刚才说的，有案子的继续弄案子，01和02车组的人赶紧去接班巡逻。小张，你等会儿联系刑警队的人啊，跟他们说咱们找到上周接的那个案子的关系人了，看看他们什么时候有时间过来碰一下。好吧，散会。"

布置完工作，他又望向我说："对了，那个王晗，等会儿把你的电话号码跟大家说一下，也把大家的电话记一下，有什么事都可以找我啊。"

大家起身逐一过来跟我打招呼，互留电话。可一串串的名字我一个也没有记住，只选择性地记住了刚才有人说刑警队的人要来。这可大大超出了我的意料。高考的时候我之所以选择公安院校，就是因为我自小就梦想能当一名刑警，可以像武侠小说中的人物一样除暴安良、快意恩仇。于是我一直盼望着刑警队的人能早一点来。

转眼到了中午，看着身边的同事一个个都在忙自己的事情，我坐在警区办公室显得无所适从，甚至觉得自己好像特别多余。于是，我主动走到一个戴眼镜的民警面前，轻轻地问道："师父，早晨给咱们讲话的那位师父是？"

"哦，他叫张国豹，是咱们警区的警长。"

"哦，早晨我师父说，天气热了，咱们今天的警情不会少，是什么意思啊？警情也能算出来啊？"

"今天星期几啊？"

"星期五啊。"

"对啊，这都5月底了，天气热了，又是周末，这晚上啊吃大排档喝酒的少不了。"

"哦哦。可我还是不明白，吃饭的人多，那也是饭馆的厨师跟服务员忙啊，跟咱们有什么关系？"

"嘿嘿，晚上你就知道了。"说完戴眼镜的民警起身走出了办公室，只留下一脸茫然的我在那里发愣。

我心里琢磨：这派出所的师父们都什么毛病啊，一个个神秘兮兮的，有什么事情不能直接说出来吗？可我左思右想也琢磨不明白他们的话到底是什么意思。人吧，就是这样，越想不明白就越想明白，所以我心里开始着急，一边期待着早点见到刑警队的人，一边期待天早点黑，好见识见识他们所说的"忙"到底是什么。

师父们的话在晚上9点多的时候应验了，巡逻车陆续拉回来了三拨打架的，吵闹声开始在派出所里弥漫开来。我开始有点兴奋了，主动请缨，想去了解情况。师父郭志刚也没有阻止，说道："那你跟我去问问，我不说话，你想问什么就问吧。"

然而，事实证明，实习生就是实习生。还真不是我不辨是非，而是被问的那些人根本听不进去你在讲什么，酒精此时此刻已经成了第一控制力！你问东，他说西，你问谁先动手，他说他还没娶妻，甚至痛哭流涕地想要抱着我痛说他的"革命家史"。

一个小时下来，我已经满头大汗，狼狈不堪，刚刚点燃的热情和冲动早已不知所踪。师父拍拍我的肩膀，露出一个奇怪的表情。我没看懂他的意思，是嘲笑，还是我真的哪里做得不对？

师父倒是一点都不着急，慢悠悠地拿起他那个装了大半杯高碎茉莉花的水杯喝了一口茶，说道："这种情况啊，你要先看看双方有没有伤，如果有伤呢，就需要先送到医院处理。伤严重的话，咱们就要报刑警出现场；如果只是一般的打架呢，那就要等他们酒醒以后再询问。接着呢，就是给报案人做询问笔录，走访一下目击群众，再问问饭店老板有没有什么损失，以便处理之后的赔偿问题。明白了吗？"

我似有所悟地点点头。

这一整夜，我就一直跟在师父屁股后面转来转去，看他如何处理各种案件。他时而严厉，时而亲和。我渐渐觉得，这个有点胖胖的郭志刚已经不太像昨天我想象中那个在传达室接电话的大爷了……

一连几天下来，我已经渐渐了解了派出所的基本运转流程，也可以简单地协助警区的师父们干点力所能及的工作，尽管只是一些零碎的小事情。唯一的遗憾就是，刑警队的人始终没有出现。

当然，这几天我也做了一件特别有意义的事情，就是指导郭师父在电脑上打字。他学习电脑的时间不长，每次需要用电脑打东西的时候都会戴上眼镜眯着双眼，伸出一根手指，运用独门武功一指禅在键盘上点穴，一个小时下来也就能打出一页字。我几次主动提出直接帮他打字，他都义正词严地断然回绝，只是要我在一旁给予指导。我心中暗想，没想到我这个师父还是个很倔的人哩。

一周下来，郭师父的打字水平已经有了很大的提升。而我通过一天天的耳濡目染，业务水平也有了很大提高。郭师父还到处跟别人讲，我也是他的小老师，这让我心里总是美滋滋的，不觉间拉近了和他之间的距离。

2 抓人

少了一些刚来时的忐忑，作为实习生的我渐渐开始树立自信。直到那一天晚上，我对警察这个自己即将从事的职业又有了新的理解，或者说第一次感受到了它的危险和未知。

"王晗，你不是天天问我啥时候能抓人破案吗？今天晚上咱们警区有蹲守抓人的行动，我跟警长说了，带上你去。"师父拍着我的肩膀说道。

"真的？"我感觉肾上腺素开始飙升。

"但你要答应我，必须听我指挥，不能单独行动，安全第一，答应了我就带你去。"

"行行行，您放心，我绝对服从命令，那咱们抓什么人啊？"

"等会儿警区开会你就知道了，先吃饭，8点集合啊。"

我情不自禁地喊了一声"牛×！"，旁边的民警不禁向我投来诧异的目光，也许在他们眼中抓人破案已经是家常便饭了。我感觉有点失态，不好意思地连忙小跑着上楼，回了宿舍。

吃饭？现在的我哪还有什么心思吃饭，我心里早已情不自禁地开始幻想如何利用在学校学的擒拿格斗技能力擒歹徒。不到7点半我就到了警区办公室，静静地等待警长来布置任务。

大家陆陆续续地走进办公室的时候，每个人都看着我笑，笑得我有点不自在。我低头看了看自己干净整洁的制服，并没有发现什么异样。直到警长跟师父郭志刚走进来也用异样的眼神看着我时，我真的有点慌了，赶紧问道："师父，你们都在笑什么啊？"

这句话把警长逗笑了，说道："你这是去抓人还是去报信啊？哪有穿制服蹲守的啊？电视剧看多了吧，赶紧换便装去。"

我这才意识到大家都没穿制服，急忙红着脸跑回宿舍换便装。等我再次下楼的时候，大家已经准备好要出发了。至于抓什么人、工作是怎么布置的，我一概不知。

师父郭志刚拉上我，说道："你等会儿就跟着我啊，到车上我再跟你说。"

原来，前段时间所里接到群众举报，说辖区里有人在从事零包贩毒，所里经过前期的摸排侦查已经掌握了犯罪嫌疑人的行动规律，今天就是要去把人给抓了。而今天我跟师父的任务就是守在一个胡同口，防止嫌疑人逃跑，负责抓捕的主要是另外两组人。

虽然不是主要负责抓捕的人，但是一听说能参与抓毒贩，已经让我激动不已了。隐身在胡同口的阴影里，我的手心开始出汗。虽然明明知道是另外两组负责抓捕，我们就是负责外围的，但我心里仍在期盼那个犯罪分子能出现在我们把守的胡同口……

我一直紧紧地握着拳头，可能大部分人紧张的时候都会有这样的行为。时间一分一秒地流逝，虽然手机显示还不到9点，可对我来说好像已经过去了半个世纪……

师父郭志刚看出了我的紧张，用手拍了拍我的肩膀，说道："别紧张，万一他真跑过来你也别先上，看见我动手了你再上，千万不要擅自行动。"

我机械地点了点头。

不知又过了多久，突然一个黑影从胡同那边跑了过来，后面隐约还有人在追赶他，边追边喊："站住，警察！"

此时的我感觉一股热血涌上头，早忘了旁边还有师父。至于刚才他给我交代的事情，我就更想不起来了，迎着对方就冲了上去。黑影一看前面有人，闪身跑进了旁边的胡同，此时我内心只有一个念头：咱们来来吧，只要让我碰见了，你就跑不了。

我一边想一边用百米冲刺的速度追了过去。左转，右转……就这样，他在前面跑，我在后面追。不知道是我年轻体力占了上风，还是那人被我锲而不舍的精神震慑到了，他的速度慢了下来。我看准时机，一个箭步从后面直接抱住了对方，由于没有实战经验，巨大的惯性让我们两人一起重重地摔倒在地。那个男子不断挣扎反抗，我则用尽全力将对方按在身下。

此时此刻，在学校学到的所有擒拿格斗技术早就不知道被我忘到哪里去了。我就记得一条，必须死死地抱住他，不能让他跑了。两个人就这么耗着，慢慢地，他应该是体力不支了，头也垂了下去，我这才看清他的脸。那是一张30多岁的中年男子的脸，消瘦、惨白，但是他的眼神中充满了戾气，并伴随着求生的欲望。说实话，我此时心里一凉，有点慌张，也有点不知所措，差一点让他挣脱了。

我该怎么办？冷静，不要怕，我是警察。对啊，我是警察，为什么要怕？于是，我大喊了一句："别动，我是警察！"这句话一说出来，我又觉得全身有劲了，这也是我从警生涯中第一次面对犯罪嫌疑人喊出"我是警察"这四个字！

我们就这样耗着……我心里想：师父们啊，你们跑哪里去了，赶紧过来啊。突然，我身上的手机响了，我知道肯定是师父打来的，但腾不出手来接，只能继续等待。

我就这么躺在地上抱着嫌疑人，他越是挣扎我越是用力。力气快耗尽时，我看见灯影里一个黑影扑过来，单膝跪地，死死压住嫌犯的右臂。看清是师父郭志刚，我大松一口气，正要开口。

"闭嘴！"师父喘着粗气瞪了我一眼。

他熟练地给嫌疑人戴上手铐。我则瘫坐在地上浑身酸疼，就像被人打了一顿一样，感觉整个人都虚脱了。

师父郭志刚这时走了过来，一边上下打量我，一边检查我的身体，问道："有没有受伤？"

"师父，我没事……"

"没事？"

"没事，师父。"

我还故意使劲拍拍身上的灰土，说："你看，啥事没有！"

我脸上刚露出八颗牙齿的标准微笑，准备迎接表扬，师父郭志刚突然抬起腿踢了我一脚。"我跟你说没说，等我动手你再上？啊？你要受伤了怎么办？你说！你受伤了怎么办？……"

我愣住了，不明白为什么我这么努力，得来的却是师父的一脚和埋怨，委屈地问道："师父，您这是怎么了？我没事啊，我这不是把人给抓住了吗？"

郭志刚冷冷地盯着我，那一刻我感觉他像换了一个人："那我问你啊，你看见他手里的刀了吗？"

"刀？"我此刻才清醒一点，原来此时师父手里正拿着一把闪着寒光的折叠刀，"这刀是……"

"这是刚才那孙子手里拿着的，他手抬不起来，要不然……"师父没再往下说，"先回所里吧。"

我顿时呆在了原地，脑子里回想着刚才的一切，一片乱麻。

众人押着嫌疑人一起回到了派出所。

我坐在宿舍里的时候，突然发现自己的腿开始有点抖，不知道是因为抓人的时候用力过猛了，还是被刚才的那把刀吓到了。

接下来的两天，师父郭志刚对我一直不冷不热，就连用电脑打字也不找我指导了。开始我还一直坚定地认为我没有错，警察抓坏人为什么会有错呢？而且，我也没有让嫌疑人逃脱啊？但是，毕竟在派出所郭志刚是我的师父，天天爱搭不理的也不行。经过一番思想斗争，我还是忍不住找了他。

"师父，我错了，我不该不听您的话擅自行动。虽然我是实习的，但我也是警察，您不至于生这么大的气啊？"

郭志刚点燃一支烟，起身走出房间，只留下一句话："下班以后，西门烤翅。"

六月初是这个城市最舒服的日子，我们师徒二人坐在一张小桌子旁边，师父倒了一杯啤酒递到我面前，说："会喝酒吗？"

"会，但是喝不了多少。"我回答道。

"我先干一个。"师父说完一口干了，独自又满上一杯。

我也急忙干了杯中的啤酒。

"当警察啊，时间长着呢，你说什么是最重要的啊？"师父问道。

我突然不知道该如何回答了。当初心中的那些豪言壮语不知为何此时很难说出口，最后我艰难地说出了最官方的答案："警察应该保护人民群众的生命和财产安全……"

郭志刚听完笑了笑。"你说得对啊，但是你别忘了，你要保护他们的话，是不是要先能保护自己呢？你说，你要是连自己都保护不了的话，你用什么保护他们啊？咱们出去抓人，为什么要分组去那么多人啊？就是要保证自己的安全，对吧？你还是太年轻了，也许以后你就能明白了。我不是生你的气，这几天啊，我也是后怕。虽然我只是你的临时师父，但你要是跟着我出去抓人出了事情的话，你说以后我……"他顿了顿，"算了，不说了，我就是想让你知道，干警察啊，别老想着当英雄，谁没有父母家庭，干什么都不能全凭一股子冲劲儿，要学会用脑子。"

师父说完把自己杯中的酒一口干了，之后便不再说话，只是呆呆地望着旁边那一桌桌吃饭的人。

　　我似乎有点明白，又似乎有点不甘。就这样，我们两个人，一老一少，围着个小桌子，喝了一杯又一杯。

　　回到宿舍躺在床上的时候，我有点头晕，脑子昏昏沉沉的。这时手机突然显示家里打来了电话，我赶紧做了个深呼吸，让自己清醒一些，然后接起电话："挺好的，没啥事，能有什么危险的，派出所都是小事，放心吧。"……"好，好，好，知道了。"我敷衍了几句，急忙挂断了电话。

　　其实，自打我来派出所实习，我妈隔三差五就给我打电话，但是我又不知道该说点什么，所以每次都是敷衍几句了事。我妈倒是也不过多细问，可能因为我爸也是警察，她早已经习惯了，或者只要听见我的声音，她就能感到安心吧。这种不到一分钟的平安电话一直伴随着我，直到转岗。

3 新鲜事

接下来的工作波澜不惊，还是每天跟着师父处理纠纷，接待群众，并没遇见什么大案件。我也似乎没了之前渴望大案件的急切心情。看着派出所的师父们每天忙碌的身影，我觉得自己还是应该脚踏实地一些，既然是实习，就应该学习点业务。

于是，我开始主动寻找每一个可以学习的机会，一会儿帮这个师父接待一下群众，一会儿帮那个师父看押一下嫌疑人。不管是哪个警区的案子，只要有时间我都会参与一下，看看师父们如何破案抓人。这里的一切对于我来说都是新鲜的，都是在书本上学不到的。我想，反正每天都要住在单位，倒不如别让自己闲着。一个多星期下来，我感觉自己反而成了最忙碌的人，每天大概只能睡上四五个小时，但是我乐此不疲。

这天，我正在前台跟着警区的师父们忙碌，突然接到李潇的电话，问我在不在所里，说要来看看我。我很好奇地问他："你不上班吗？"

"你等着我吧，我等会儿就过去，听说你们所管界里的新疆馆子不错，中午请我吃饭吧。"说完他就挂了。

这个李潇是我的大学同学，在学校的时候我们经常一起"厮混"。

那时候手机话费还是比较贵的，都是使用充值卡充值的。作为学生，我们一般都是发短消息联系的，实在有着急的事情才会打电话。而且，我们每次通话都会看着时间，能在59秒内说清楚的问题，一般都不会拖到一分钟。我想，那就等着中午见面再好好聊吧，听他的语气，好像很兴奋的样子，估计是有啥牛皮正不吐不快呢。

还不到11点半，李潇就到了，我赶紧跟师父请假，说要请同学吃个午饭。刚走出派出所，我就迫不及待地问他："啥事啊？非要大中午跑过来，看来你们所很闲啊。"

李潇却不着急回答我的问题，他关心的是中午我打算请他吃什么，于是我找了一家新疆馆子招待他。他一边赞美肉串一边说："我跟你说啊，前天我们警区弄了个大案子，一下抓了好几个人，我这都一天一夜没睡觉了。太刺激了！"

我放下手中的肉串说："合着您来蹭吃蹭喝，就是为了跟我炫耀你弄了大案子了啊？那得了，这顿饭还是你请吧。"

李潇看着我说："哎，你们所不抓人啊？你别跟我说，你来了这么长时间，还没弄过案子呢。"

"那怎么了？这说明我们这里治安好啊。"

"我不是那个意思，"李潇也放下手中的肉串，"我来啊，就是想给你说说，昨天可是把我吓着了。"

"吓着了？什么意思？赶紧讲讲。"我一下子来了兴致。

"你别着急，听我慢慢说啊。大江不是跟我在一个所实习吗？我们虽然在一个警区，但其实弄案子时咱们实习的也帮不上什么忙，也就是打打杂什么的。这不前几天，我们警区一直盯着几个盗窃的，昨天终于把他们都抓了，晚上嫌疑人也认罪了。但他们中间有一个人有恃无恐，一直说我们迟早要把他放了，谁也不明白他啥意思。结果，晚上的时候啊，那个嫌疑人要去上厕所，一个师父带着大江押着他就去了。你猜怎么着？那孙子一到厕所嘴里就开始吐血。哎哟，整个楼道里就听见大江在那儿喊啊。等跑过去一看，我也傻了。所领导过来问是怎么回事，谁也不知道啊，大江吓得都快说不出话来了。要不说呢，人家所长就是所长，过去认真看了看嫌疑人，说那孙子应该是吞东西了。大江一听这个，赶紧说不可能，他跟他师父寸步没离嫌疑人啊，没看见他吞东西，而且他们抓完人第一时间就搜身了啊。"说到这儿，李潇又拿起肉串吃了起来。

"嘿，您就别卖关子了，这是怎么回事，你倒是说啊？"

李潇嘿嘿一乐："怎么样？后面的事情，你更想不到。躺在地上的嫌疑人听见所长这么说，突然就坐了起来，往厕所墙上一靠，说道：'既然你知道我吞东西了，赶紧把我放了吧，我的事情自己去处理，你们不用管了。'我跟大江这下更不明白是怎么个情况了。所长接着说：'那你说说吧，吞的是刀片还是钎子啊？'对方说是刀片。"

"刀片？"我瞪着眼睛看着李潇，"他真吞了刀片啊？"

"对啊，真吞了。后来所长上去弄开他的嘴，看了看说道：'你以为你吞个刀片我就处理不了你了？只要犯法了，吞什么都没用，少跟我来这个。看来你也不是第一次了，有前科吧？这回就让你看看我能不能处理你。'然后所长就让其他民警先带他去了医院。"

"那后来呢？"

"后来？后来把这孙子拘留了呗。"

"我不是问这个，你说详细点。"

李潇用手指了指空了的肉串盘子："老板，再烤20串。"

"你大爷，赶紧的，我这儿还巴巴地等着呢。"

"我也是后来问我师父才知道，早些年有帮老贼，尤其是有过前科的狠人，为了逃避打击，作案之前都会先吞刀片或者铁钎子什么的。因为早些年医疗条件不行，这些人到看守所的时候因为达不到收审标准，案值又小，只能先送去治疗，所以就都取保了。不过，这种做法风险也大，所以并不常见。那天那个嫌疑人说自己吞了刀片，以为咱们就会就范，把他给放了。不过，他想错了，我们所长什么样的嫌疑人没见过啊，所长上去看他的嘴可不是白看的，那是看他是自己把嘴咬破了流的血啊，还是真吐血了。这一看他就明白了，这孙子的舌头是被自己咬破的。"

"哦，那你还说他真吞刀片了。"

"真吞了，在医院照片子了，确实有刀片的影像。不过啊，他们也不是直接吞，偷个东西再把命丢了多不合适啊。他们都是给刀片裹上好几层胶布后才吞的，吃点泻药上个厕所就拉出来了，一点危险都没有。"

"得了，得了，你别说了，还吃不吃了啊。"

"我就是觉得咱这个实习真有用啊，跟电影一样，这要是换成咱们当所长，估计就信了。"

"可以啊，你小子野心不小啊，还惦记着当所长呢？"

李潇放下手中的羊肉串，说道："哎呀，当什么所长啊，我就是感慨一下，这才实习几天啊，真是前路漫漫啊。看着吧，等以后咱们正式参加工作了，还指不定会遇上什么新鲜事呢。"

晚上躺在床上，我一直在想李潇说的事情，想着要是我也在现场的话，估计也会被吓到。警察这个职业真的不简单，要学的东西真是太多了。换个说法就是，未知的太多了。

4　　　　　　　　　　　　　　　　刑警来了

早晨起来我刚换上制服，楼道里就传来警长的喊声："王晗。"

我一边答应，一边急忙放下手中的脸盆小跑着进了警区办公室。里面有四个陌生人，正坐在会议桌前跟所长谈论着什么，站在一旁的警长对我说："这几位是咱们分局刑警重案队的，等会儿有几个事主跟关系人要到所里，你负责对接一下，然后给咱们刑警队的同志一个一个带过来。别的人现在手里都有事，晚一点他们会过来帮你。你过来认识一下，这是李队长。"

我赶紧快步上前，面对李队长伸出的手，我选择敬了个礼，并喊道："师父好！"

李队长一愣，转身看了看身后的所长。

所长赶紧解释道："这是来咱们所实习的警院学生，别的人都处理着事呢，等会儿先让他帮你联系事主，跑跑腿儿。"

李队长笑了笑说："好啊。你学的什么专业？"

"报告师父，我学的是治安管理专业。"这时我才认真端详起眼前这位刑警队长，他大约30多岁，头发比毛寸略长，浓眉大眼，高鼻阔口，配着一张略显消瘦的国字脸，谈吐微笑之间极具威严。

"王晗，是吧？那等会儿你就负责帮我们带一下事主和关系人，你了解这个案子的情况吗？"

"我……我不了解……"

"哦，我简单跟你说一下，就是咱们辖区京海大学里的学生互相打架，后来其中一拨人在校外被人用疑似枪状物威胁了。等会儿呢，你听我安排就行了，也不用跟他们有过多交流。来的人呢，有事主，也有本案的关系人。大概就是这么个事儿。"

"好的，您放心。"

警长则看着我说道："那你先去一楼前台等着吧。"

走出办公室，我的心情一下子就澎湃起来。我终于能真正接触案件了。不知道我会遇见什么事情。

我来到前台，按照刚才警长的指示一个一个地往楼上带人，看见那些人都陆续进了办公室，我守在门前并没有离开。我的想法很简单，就是想偷师学艺，听听刑警队的人到底是如何搞案子的。可这楼道里总有人来来往往，加上办公室的门隔音效果是真好，我站了半天也没听见几句。正着急的时候，门突然开了。刑警队的李队长走了出来，差点撞上我，我们都不自觉地向后退去。

看见是我，李队长乐了："哎哟，你这是在干吗呢？"

我有点不好意思地回答："我就是想听听刑警是怎么问人的……"

李队长笑了："那就大大方方地进去听嘛，你也是警察啊，不用偷偷摸摸的。这样啊，等会儿你也来办公室听听案子的情况，想学习是好事。"

"我？我可以吗？我能听你们开会吗？"

"为什么不能啊？你先把这个关系人带回前台，然后回来找我。"说完李队长转身进了会议室。

等我再次回到会议室门口的时候，我感觉又期待又紧张，内心再次澎湃起来。

敲门走进会议室前，我不自觉地整理了一下自己身上的制服，就好像要参加一次神圣的仪式一样。几位刑警跟所领导都在，所长看见我进来，奇怪地问道："哎，你怎么进来了，什么事啊？这儿开会呢。"

我一下子愣在原地，不知道该如何回答。

李队长又乐了："行啊，小子，真来了。老张，是我让他来的。我看这孩子挺爱学习的，实习不就是要好好学点东西嘛。等咱们干不动的时候，还不是要靠他们啊。"

没等所长回话，李队长拍拍身边的椅子，说道："来吧，你就坐在这儿吧。"

不知道为什么，每次这位李队长一说话，对我来说总有一种不可抗拒的力量。我甚至已经忘了自己只是一个实习生，没等所长的意见，我就径直走到李队长旁边坐下了。

李队长继续说道："好，人齐了，那咱们现在再把整个案件从头捋一下，也让咱们这位实习生熟悉一下情况，是吧，小王？"

我受宠若惊地点点头。

听了一会儿，我大概明白了事情的概况。前段时间，在辖区内的京海大学，不同系的两个同学产生了矛盾，发生了打架事件。因为被打的一方没受什么伤，学校看情况不严重就没有报警，而是在学校内部进行了批评教育了事。

一周以后，在打架事件中占便宜的那位同学和另两位同学在校外吃完饭回学校的路上，突然被几个陌生男子截住。那几个陌生人架着那个占便宜的同学直接进了旁边的小区，同行的两人一看对方长得凶神恶煞，也就没敢动手阻拦，但他们怕出事就一直守在小区门口。过了十几分钟，那几个陌生人出来后直接上了一辆黑色的轿车离开了。两人赶紧进小区找自己的同伴，结果在一个楼门口发现了他。他身上倒是没什么伤，只是脸肿了，说是挨了几个嘴巴。两人看没什么大事便要拉着他走，可是那个被打的同学却像受到了莫大的惊吓，动弹不得。两人详问之后才知道，原来那几个陌生人把他拉进来后便不由分说地抽了他几个嘴巴，临走的时候，其中一个戴墨镜的男子故意敞开外套，露出一把枪威胁道："要是敢告诉警察，自己看着办。"这下两人可吓坏了。他们赶紧回了学校，当天还真就没有报案。

可是过了几天，几个人越想越害怕，就把这件事告诉了他们的老师，最后还是校方的老师来报案的。虽然那位同学的伤不重，但是因为对方可能持有枪支，所以派出所马上通知了刑警队，才有了刚才那几位同学到所里接受询问的事。

我还在思考听到的案情，李队长突然转身望向我，问道："你觉得这个事情复杂吗？"

我想都没想就回答道："那肯定是之前那个挨打的同学找的人啊，这不是很明显吗？"

"很明显吗？好啊，那等会儿你跟着我，咱们两个一组，你可以按照你的思路琢磨琢磨。不过，咱们不是去问之前发生矛盾的同学，而是另外一个人。"说完李队长转头问警长，"那个司机什么时候过来啊？"

"刚才已经到了，在我办公室等着呢。"警长回答道。

这时候旁边的所长说道："李队，这行吗？他可还是个实习生呢。"

"没事儿，这不是给咱们自己培养后备力量嘛。有我呢，我心里有数。"李队长说着便起身往外走，我急忙跟了出去。

刚出门，李队长说道："等会儿咱们要询问的这位司机就是根据那天的监控录像找到的曾出现在案发现场的那辆黑色轿车的司机。时间、地点，你刚才也听了一个大概了。你是实习生，不能参与办案，所以等会儿咱们进去，你就先根据自己想问的跟他聊聊，这可不算正式的询问笔录啊。他的回答你就先记录在自己的本子上。这可能跟上学时你们老师教的有点不太一样。毛主席不是说过吗，要在战争中学习战争。懂吗？"

"明白！"我连忙回答。

虽然内心有些忐忑，但我还是把学习期间老师教的那些重点飞快地在脑海中过了一遍。我心中暗想：不就是个关系人嘛，还能有什么问不明白的啊，只要我问到重点，他还敢在公安机关跟警察说谎吗？再说了，我旁边还有刑警队长呢，怕什么，想到这儿，我心中充满了自信。

我跟着李队长走进办公室，屋子里是一个40多岁的中年男子，正坐着抽烟。他看见我们进来，连忙将手中的香烟放在自己脚下踩灭，然后站起身，手里拿着烟蒂望着我们。

我看着眼前这位身材微微发福、嘴上有稀稀的一圈胡子的男人，说道："谁让你在屋子里抽烟的？"

"对不起，对不起。"男子急忙道歉。

我转身望向李队长，想得到一些指示，没想到这位李队长已经找了一把椅子独自坐下，还随手拿起桌子上的报纸看了起来。

我无可奈何，只好又转头面向那男子，说道："你……你先坐下，我呢，先问你点情况。"

看见男子坐下，我也拿了一把椅子坐在桌子前面。"那个，我问你啊，你叫什么名字？哪里人啊？身份证号码是多少？从事什么职业……"

男子愣了一下，认真地看了看我，说道："这位警察小同志，您慢点行吗？我要一个一个回答啊。"

"哦，是，我知道。我就是先问，你慢慢说你的。"我只能赶紧给自己找个台阶下。

男子一一回答着我那教科书式的询问问题，等都记录完后，我模仿着这几天看到的师父们的样子问道："我们找你来，你心里清楚，问题是要交代的，既然能找到你，你就应该清楚问题的严重性。"我还故意把声音压低，尽量显出老警察的样子。

没想到对方却说:"我不知道为什么找我啊?您是警察,您既然找我来,就应该告诉我为什么,对吧?"

"别跟我油嘴滑舌的,我跟你说,你的问题我们警察可都掌握了,你自己先说是有好处的。还让我提醒你吗?"

中年男子脑袋一晃回答道:"警察小同志,您知道什么就直接告诉我得了,反正我是不知道为什么啊。"

"非要我提醒你吗?5月17号晚上你干吗去了?我跟你说啊,视频监控都拍下来了,你知道吗?想抵赖可不行,你还拉了另外三个男的,别以为我们不知道啊。"我心中暗自得意,因为在我心里视频监控拍摄下的画面可是铁一般的证据,任凭谁也不能抵赖。

可对方的回答实在超出了我的想象。中年男子回答道:"对啊,我是拉过三个男的,去了京海大学附近的一个小区……可是我不认识那几个人啊,我们是在饭店吃饭的时候碰见的。他们看见我要开车走,就问我能不能开车拉他们一段,因为他们等了半天都没有找到出租车,而且他们说可以给我钱。我一想,反正车不是我个人的,油钱又不用我出,放着钱不赚多不合适啊,于是就同意了。他们让我先送他们去京海大学门口,说去看个亲戚家的孩子,让我把车停在旁边的一个小区门口,完事呢再送他们去火车站。他们给了我200块钱,我就拉他们去了。"

我完全没有想到,他竟然能如此迅速地说出这样的解释。

我一下从椅子上站了起来,大声喊道:"你胡说!"

"天地良心啊,这位警察小同志,你要不相信的话,把他们几个人找过来对质啊。"

我是真有点急了,心想"我要能找到他们,还先找你干吗"。

"我告诉你,你要实话实说,等我们查清楚了,你可要对你说的话负责任。"

"我负责任啊。"中年男子回答道,"对了,这位警察小同志,那几个人是不是犯法了?我啊,一看就知道他们不是什么好人。"

听他这么一说,我眼前一亮,又问道:"你说说,他们怎么不像好人了?"

"因为我停车的时候看见他们带着一个学生模样的人进了那个小区,但我感觉那个学生跟他们并不认识,而且去火车站的路上他们也没人说话,就跟电影里的黑社会一样,凶得狠啊,我差点没敢要他们给我的钱。"

"那你赶紧给我说说他们长什么样子啊?说话什么口音?"

"警察小同志,我紧张啊,我都没敢多看他们一眼。他们说的都是普通话啊,现在社会上不都普及普通话吗?您要再问别的,我还真就不知道了。后来我就回家了,昨天警察突然找我,说想了解点情况,让我来一趟。我这不马上就来了,配合警察的工作是咱的义务不是?"

飞快地记录下男子说的情况后,我突然不知道该问什么了。笔记本上的记录看着似乎合情合理,但我总觉得哪里不对。面对眼前这个长相有点憨厚的中年男子,我有种有力气却没地方施展的感觉。我转头看了看身后的李队长,他还在看报纸,但是报纸已经翻篇了。他似乎根本没有听到我和这个男子的对话。

我起身拿着笔记本走到李队长面前,说道:"师父,我的问题问完了,您看看吧。"

李队长这才收起手中的报纸,站了起来,说道:"哦,聊完了啊。那行,你先出去等等吧。你记的我就不看了,也没啥用,等会儿你自己留着当参考吧。对了,叫我们队的小姜过来,询问必须两个人。"

我答应后准备出门,突然李队长又叫住我,说道:"你注意了吗?他刚才叫你'警察小同志',知道那是什么意思吗?"

我这才注意到,刚才他好像确实一直称呼我"警察小同志"。这是什么意思呢？为什么要加个"小"字呢？

李队长看我有点发愣，说道："行了，你先去叫小姜，慢慢琢磨啊。"

我应了一声，出去把刑警队的小姜师父叫了过来。我独自拿着笔记本回到了警区办公室，看着自己记录的那些文字，想着"警察小同志"，心中有些茫然。而且，李队长竟然对我的记录视而不见，还让我留着当参考。这是什么意思呢？我心中百思不得其解……

两个小时以后，小姜师父拿着一份笔录找到了呆坐在办公室、脑子一片空白的我。

小姜师父说道："王晗是吧，李队让你看看这份笔录，说让你跟刚才记录的对比着看看。看完给你们警长拿过去就行了啊。"

我急忙接过笔录，认真看了起来。我越看越生气，一气之下将自己刚才在笔记本上记录的那两页纸撕了下来……我心中暗自骂道：真欺负人啊，这孙子对我没一句实话……看似显而易见的案情，也不是菜鸟可以轻易获取证据的，我惭愧得没有勇气再去见李队长。

转眼一个多月的实习就结束了，我要回到学校参加毕业典礼等待分配了。临走的那天，警区的人都到门口送我。我心中有一种说不出的感觉，像是学到了很多东西，又感觉还有太多东西需要学习。师父说，估计我也不会再被分配到他们所了，以后不管分到哪个单位，都要常回来看看。我只能点头说"您放心，我一定经常回来"。这句话果然应验了，因为后来这个所竟然成了我所在单位的责任区。我时常回到这里，除了看看大家，更多的是回来办案。

5 刑警队

回到学校后,所有人好像都有说不完的话,不论走到哪儿,听见的都是大家在实习期间遇见的各种见闻,而同在一个宿舍的我、李潇和刘壮,却躺在宿舍的床上想着心事,沉默不语。

我们三个人在学校是最好的朋友,还一起组建了一支乐队。在乐队中,李潇是贝斯手,刘壮是吉他手,我是主唱。当年高中毕业考进警院的时候,我们三个都属于不服管的类型,尤其接受不了学校的准军事化管理,觉得这与我们理想的大学生活也相距太远了。大家高中时候的同学各自上了不同的大学,所以有时候我们也会去其他大学串串门,看看老同学。真是不比不知道,人家大学那种自由的氛围、充满生活气息(脏乱)的宿舍、男女牵手走在校园的画面,是我们可望而不可求的。因为我们学校是所警校,所以我们上课要排队,吃饭要排队,就连两个人一起去校园里的小卖部买东西也要排队。我们总觉得整个世界都不再属于我们了,于是大家只能抱团取暖。对于音乐的共同爱好让我们三个年轻人迅速走到了一起,组建了乐队。尤其是刘壮,他对音乐的热爱最为强烈,每天晚上10点熄灯以后,他都会独自拿着吉他跑到水房自己练上几个小时。让我们三个人最得意的事情是,每周五放学后和周日回学校时,我们可以各自背着琴,自由而不受约束地走在路上。好像只有那个时候,我们才是学生应该有的样子,我们甚至幻想着以后能组建一支中国的警察乐队,赶超国外那支知名的警察乐队(The Police)。当然,他们不是由真正意义上的警察组成的，只是名字叫"警察"而已。

然而，这次短短一个多月的实习时间，我们几个年轻人似乎对身上这身制服都有了新的理解，对于人民警察这个称呼也有了更深刻和更真实的认识。

突然，李潇先问道："你们知道自己被分到哪个单位了吗？昨天咱们系领导找我了，前几天人口总队的来选人，说学校推荐的有我，我去面试了。"

"也找我了，"我赶紧回答道，"我明确了我的态度，我就想当刑警。"

"大壮，你呢？"李潇问道。

"我？我没具体想法，服从学校分配吧。分到哪儿都无所谓，我还是想继续我的音乐梦想。你们看我这么瘦弱，刑警队我估计去不了。去了我也干不了，还是踏踏实实好好练琴吧。咱警察队伍里不是也需要文化氛围吗？你们都好好干，我给你们写歌，歌颂你们，歌颂伟大的警察精神，咋样？"

大家一起哄笑。笑声过后是一阵沉默。我说道："后天一分配，咱们可就各奔东西了。咱们说好了，不管分到哪儿，每个月都要聚一次，常联系着，都要注意安全。还有，看看谁先结婚啊，另外两人可要随个大份子。"

"得嘞，就这么定了！"他们俩异口同声道。

然而，虽然在一个城市生活和工作，当了警察以后我们才知道，一个月一次的聚会是多么奢侈和难以实现。

学校礼堂里，校领导正在逐一点名，被点到名字的人会被告知自己被分配的单位。当我听到自己的名字跟在京海市海清区分局刑侦支队后面的时候，我的心脏都要跳出来了！梦想成真了！

当我们2004届全体学生走出礼堂的时候，发现整个学校的师弟师妹们，都已站在礼堂前门那条用小石头铺成的小路两旁。大家有序地组成队列，沿着这条路向校门口走去。学校里的人都知道，这条路象征着我们之后的从警之路，那些小石头就是从警之路上我们会遇到的各种坎坷。毕业生都会通过这条路走出校门，走向社会，走上自己的岗位。只有在这样的情绪和场景中，走在这样的路上，才能真正感悟到为什么警察院校会和普通大学有那么多的不一样。尤其当看到两旁的师弟师妹们在统一的口令下向我们敬礼的时候，大家都哭了。这种泪水也许是人生中最说不清楚的一种泪水，它包含了太多的内容，有自豪，有感伤，有不舍，有太多说不出来的情感掺杂其中。没有人去擦拭眼泪，大家都任凭泪水肆意滑落，直到坐在车上透过车窗再也看不见母校……

这种情绪一直伴随着我，直到到了所在单位才有所缓解。这次和我一起被分配到该刑侦支队的学生一共有30人，等我们到达分局下了车，政治处的人早就等在大院里了。我们原以为这就是自己以后工作的地方，然而等待大家的竟然是二次分配。30个人被分配到了十几个不同的中队里，之后各个中队的人分别带上自己的新人走了。我被分配到了西部大队，一起的还有同系的一个学生和公安大学的一个新警。跑过来接我们的是一个二十六七岁的年轻人，他扔掉嘴里的烟头儿，招呼我们几个上了车。

他一边开车，一边高兴地说道："这回可好了，咱们队好几年都没有来过新人了。我比你们大四届，叫张旭冬。你们叫我师兄或者张哥就行。"

我问道："师父，咱们单位在哪里啊？"

"等会儿你就知道了。对了，别叫我师父了，听着不习惯。咱们刑警队也不兴这么叫，等回头看看队长派谁给你们当师父再叫不迟。别人啊，叫哥叫姐就行了啊。"

车子大概行驶了半个多小时，车外的景象已经不那么热闹、繁华了。突然，车子右拐开进了一条小胡同，两边都是外来人口居住的出租房。车子向前开了一百多米后，胡同右边出现一个小院子，里面停着十几辆车。院子周围是一圈平房，目测有二十几间。还没等我们明白过来，车就停下了，张旭冬招呼大家下车，并带着大家走进了院子。进门的时候，我抬头看见大门中间挂着一个大警徽，这才不得不承认，这真的就是刑警队。

进了大门，里面远比从外面看到的样子大。径直进去，走到头以后，左右各是一条很长很长的过道，过道一面是不同的房间，房门上既没牌子也没有门牌号。张旭冬把我们带到了右手边第一个房间。进去以后，先是一个小过道，右手边是个浴室，左手边是洗漱间和洗手间，再向前走是一间大会议室和两间宿舍，左手边里面也是一间小会议室和两间宿舍。

我本以为会有一个欢迎仪式，然而并没有。里面有男有女，大家都在忙自己的事情。看见张旭冬带着我们几个新人回来，有个人简单地问了句："旭冬，新警都给带回来了啊？你先给他们安排一下宿舍，然后找你师父去，他刚才好像找你来着。"

"我师父呢？"张旭冬问道。

"他跟李队长去支队了，好像去开什么会了。"

张旭冬把我们带进小会议室旁边的宿舍，房间是朝南的，三面大玻璃窗采光很好。窗外就是院子，可以看见两棵小果树，挂着一些绿色的果实。我分辨不出那是什么果子，唯一确定的是，它们都还没有成熟。

宿舍里有三张上下铺、两张桌子和几把椅子，靠墙的地方有一排铁皮柜子。张旭冬对大家说道："这儿以后就是你们的宿舍了，那两张上下铺都空着呢，你们三个分一下。这边有柜子，看看哪个柜子上有钥匙，那里面是空的，你们自己分吧。我先出去了，食堂就在咱们院子东北角，直接去吃就行了。有什么事情随时跟我说，外面的桌子上有咱们队所有人员的电话号码，你们等会儿去存一下，然后把自己的电话也写上去吧。晚上你们要是不回家的话，我请你们撸串儿去哈。"他说完就出去了。

我们三个人开始收拾行李，边收拾边聊天，互相介绍着自己。聊得正高兴呢，突然听见房间里有人说话："喂喂喂，没看见有人在睡觉吗？旭冬说了半天，我都没搭理他，你们几个新来的也不知道尊敬老同志啊。我一宿没睡了，心疼心疼我，行不行啊？"

我们几个连忙顺着声音去找，才发现原来位于墙角的上铺上躺着一个人。刚才进来时我们光顾着听张旭冬说话了，谁也没有注意到还有人大白天在睡觉。于是我们赶紧收住声音，收拾完床铺便悄悄地走出宿舍，坐在小会议室里。大家互相对望，都有点不知所措。中午的时候，我们跟着大家一起到食堂吃了饭，发现也没有多少人。伙食谈不上好，就是简单的三个菜，两荤一素。我们吃完饭后继续回会议室坐着，三个人都有些紧张，不敢大声说话。一直等到下午5点多，才见张旭冬跟一个操着带安徽口音的普通话、看上去40岁左右的男子一起走进会议室。

张旭冬看见我们几个后问道："你们怎么还在这里坐着呢？"

我们正准备说话，那个40岁左右的男子说道："莫（没）事，莫（没）事。旭冬，这就是你接回来的新警吧？"

"师父，就是他们，这回咱们这里一下来了三个人呢。"

"好啊，好啊。"

张旭冬立即介绍道："这是我师父王肖，是咱们队的探长。"

我们赶紧一起跟着叫："师父好。"

"别客气，别客气，以后叫我老王就行。"王探长说完问张旭冬，

"小辉呢？不会还在睡觉吧？"

张旭冬回道："他昨天出现场了，上午才回来，一夜没睡觉。现在应该没睡醒呢。"

王探长说道："你们这些年轻人啊，怎么这么多觉啊。我跟你们讲啊，我在部队的时候，训练比这苦啊，一夜不睡觉，白天照样训练。你们几个坐一会儿啊，等老李回来了，让他给你们说一下啊。"他说着走进宿舍喊道："吴经辉，赶紧起来，把昨天的现场给我说说。"

我们三个人互相看了看，刑警生活就这样开始了。

6 第一个命案

我们第二天才见到老李。看见他,我很是意外,因为王探长口中的老李,竟然就是我在派出所实习时见过的那位让我自惭形秽、无地自容的刑警队长。

看见我,他也很意外,说了一句:"没想到啊,你还真干上刑警了。这回当了刑警,可别再让嫌疑人那么给糊弄了啊。"他说完一笑,扭头对大家说道:"好了,人都到齐了,我给你们说说啊,咱们这儿呢,是咱们分局支队的一个大队。整个院子里一共有四个中队,除去咱们队啊,还有孙一兵的一个队、老沈沈帆的一个队和姚斌的一个队。另外啊,从今天开始,你们一定要记住一句话,咱们刑警办案,只能抓人,可从来都不会放人。明白吗?"

说实话,当时我确实还不是太明白李队长的话,但是接下来六年多的刑警生活让我深刻体会到了这句话的含义,那就是任何案件都要做到证据确凿,办成铁案。

作为新来的,我们肯定不可能有什么直接负责案件的机会。因为大家基本上每天都住在单位,有案件的时候我们就跟着一起干些力所能及的事,没案子的时候就集体坐在小会议室里学习,像极了回到小学时候的学生,每个人都是那么认真。学什么呢?那就是看卷宗。之前队里办过的案件,材料都留有复印件,这就是我们的学习材料。刚开始看的时候,说实话,都是当故事看。讲真啊,不能说每个案件都比电视电影更加精彩,因为绝大多数案件其实都没那么曲折跟离奇,但是它们绝对更加有力量，因为它们是真实的。我们新来的都幻想着自己哪一天能真的遇见大案要案，一展伸手。可是真的亲身参与了以后，才发现理论跟实践之间存在着难以想象的差距，这种差距甚至可以用不可逾越来形容。

接下来的日子过得很慢，除了看卷宗，也跟着出了两个现场，但都不算真正接触实际业务，唯一的收获就是总算把我们队的人都认全了。对人很好的内勤思思姐有点微胖，一说话总是习惯性地微笑，让人觉得很亲切，就像邻居家的大姐姐一样；老李呢，除去周末的时候会跟大家一起看看NBA直播，大部分时间都待在自己的办公室里，略显神秘，习惯动作就是思考的时候喜欢挠头；旭冬则天天咋咋呼呼的，总在我们这些新来的面前充老前辈，一会儿给你讲个案子啊，一会儿推荐部网络小说啥的；王肖探长不必多说，只要跟他待上一天，你就很难忘记他了，因为他嘴上总是挂着那一句"莫事、莫事"，听得你真的是想忘都难；还有年龄与相貌严重不符、爱看各种稀奇古怪杂志的马亮。后来，我们与赵天成、刘博、姜劲东等人也慢慢变得相熟。

但是，要说最有意思的，应该就是沈炼跟张剑两位大哥了。沈炼是从总队调来我们单位的，按理来说，小四十的年纪也不算小了，但人家长得是真精神，而且身材魁梧。第一次见面时，我还以为他是搞健身的，后来听大家介绍才知道，他年轻的时候是专业的拳击运动员。但我总觉得这是个假消息，因为你实在很难将一个拳击运动员跟我眼前这个喜欢穿各种花花绿绿的衣服、戴金丝眼镜的人联系在一起。要说他是东南亚华侨，也许我更愿意相信。至于张剑呢，就更有意思了。准确地说，他应该算是一个胖子，却一点都不臃肿，浑身上下永远是运动服，据说年轻的时候也是运动员出身。他最大的爱好就是损沈炼，在他嘴中，沈炼有很多外号，比如沈公子、沈姑娘之类的。沈炼口中的他则叫捷达张。原因很简单，他有一辆白色的捷达车，而且他对这辆车那真是像对自己的孩子一样呵护，还给它配备了专业的清洁护理包，里面毛巾啊、牙刷啊、麂皮啊，那是样样齐全。只要这两位同时出现，简直就是一对撂地儿的相声演员，老张是逗哏，老沈是捧哏，段子齐飞，给队里平添了很多欢乐。

我到刑警队正式工作了快一个月的时候，才第一次真正参与侦破命案。

这天，我们队正在值班，大约晚上10点多钟，李队长突然叫我们收拾东西准备出现场。除了内勤的思思姐跟两个留守看家的人，其余人全部行动。张旭冬招呼我们三个新来的赶紧收拾东西，跟另外几个人分三辆车赶赴现场。

路上我问张旭冬："什么事情要全队的人一起上啊？"之前值班的时候也有一些小案件，基本上就只派一个探组出现场，今天三个组一起上，肯定是有大案子。张旭冬告诉我们发生了一起命案，在路边的一个大排档，一桌的三个人跟另外一桌的一个人发生了打斗，动了刀。三个人的那边都受了重伤，其中一个已经抢救无效死亡，一个人的那边也受了重伤，目前已经逃离现场。

我们三辆车分为两组：一组去案发现场了解情况；我们这组跟着李队长到医院向受伤人员了解情况，如条件允许将先进行询问，争取第一时间掌握案发经过和犯罪嫌疑人的基本情况。

一路上我又激动又紧张，赶到医院时，派出所的人正在等我们。简单介绍了事件经过以后，派出所的人带我们找到了主治医生。医生先向我们说明了三名受害人的伤势：其中一人正在ICU进行抢救，目前还没有脱离危险；一人腿部中刀，正在进行手术；另外一人已经抢救无效死亡了。李队长让医生带我们去看看那名已抢救无效的受害人，以确认受害人的受伤部位。

到了抢救室外面，李队长转过头看向我们三个新来的，问道：

"谁要跟我一起进去？"大家面面相觑，谁都不说话。

李队长眉头一紧，严厉地说道："干刑警的，要是连这个都看不了，那还是趁早别干了，该干嘛干嘛去。"

说完他转身推开门走了进去，我们三个赶紧跟了进去。那画面太让人印象深刻了，绝对跟所有人在各种影视作品中看到的都不一样。因为你明确地知道眼前这一切都是真实的，是无法回避或逆转的。我不知道其他人是什么感受，我全程呼吸加快，一直攥着拳头。

床上躺着一名40多岁的男子，脸色惨白，身上全是血迹，不是那种鲜红色的，而是暗红甚至有点发黑的，呈黏稠状。医生开始介绍情况，并拿出一把剪刀，小心翼翼地剪开那名男子的上衣，随后用酒精擦拭他的身体。当血迹逐渐被擦干净以后，可以清晰地看到，他身上其实只有两处刀伤，伤口很窄，看上去只有1厘米左右。

医生介绍道："受害人一共挨了两刀，一刀在小腹上，一刀在脾上，脾破裂造成大出血是导致其最终死亡的原因。造成伤害的应该是一把匕首。"

李队长走过去，低下头仔细地看了看，说："嗯，应该是匕首。"

我也想再靠近一点仔细看看，但只迈了两步腿就有点不听使唤了，心中莫名地产生了一种无法名状的压抑感。我有点头晕，就连眼前的事物也变得有点模糊。我根本听不清谁在说什么，只想赶紧离开这间屋子，甚至有点想夺门而出。终于，李队长和医生简单交流之后带着我们几个走出了那个让人窒息的房间。走出来的第一感觉就是想深呼吸，想抽烟，迫不及待地想抽烟……很奇怪，我并没有出现影视剧里表现的那种想吐的感觉，只觉得唯有香烟能让自己缓解一下。

李队长安排马亮带着我去跟派出所的人了解情况，看看被害人的身份核实清楚了没有。完事以后，我们被安排留在医院等那个腿部受伤的人手术结束，然后第一时间进行询问。如果这边有什么新的线索，需要第一时间通知李队长。李队长交代完就匆匆带着其他人赶往案发第一现场了解情况去了。

马亮的实际年纪并不大，但基本上没什么头发了，一副看不出年龄的模样。他拿出烟递给我一根，我伸手拿烟的时候才发现手心里全是亮晶晶的汗水。

看见我紧张的样子，马亮安慰我说："行了，你这已经算很不错了，警察也是人啊，谁第一次见到这样的场面都会紧张的，抽根烟就好了。你在这儿等会儿，我去跟派出所里的人了解一下情况。"

直到烟头儿烫手了，我才发现烟已经燃烧完了。大约等到夜里1点多钟，那个人从手术室被推了出来。他的伤不重，就是大腿被刺了一刀，脑子还很清醒。征求医生同意以后，我们开始对他进行询问。

原来案发当时，他跟死者两个人在路边的大排档喝酒，因为说话声音比较大就跟邻桌的一个人发生了口角。对方很凶，所以他们两人暂时忍了下来，但死者气不过，就打电话叫来了他的小舅子，也就是现在正在ICU抢救的那个人。他小舅子匆匆赶来，还带了一把刀。他们以为这次有三个人，还有刀，可以吓唬吓唬对方，出出气。没想到，对方看见他们拿着刀以后，突然从兜里掏出一把匕首，直接就开干了，而且下手狠毒。第一个冲上去的就是那个死了的受害人，对方用匕首扎了他腹部两刀。小舅子看见姐夫让人扎了，疯了一样地拿刀砍在对方的后背上，他见状也冲上去帮忙，结果他们都被对方用匕首扎了。然后那个人就跑了，整个过程不超过一分钟。后来是大排档老板报的警，叫的120急救车。之后他就被送到了医院，别的就不知道了。

我们又让他详细描述了一下嫌疑人的体貌特征，并询问了另外两个人的基本情况。他和死者是来京海打工的小工头，死者的小舅子在死者手下打工。最近死者的老婆要过生日，前几天才带着两个孩子来到京海，死者本想带她们出去玩几天，没想到就出了这样的事情。

我们赶紧记下死者的住址,并第一时间通知了李队长。李队长让马亮带着我立马去通知死者的家属来认人。于是我跟马亮迅速赶往受害人在京的暂住地。那是一个很小的平房院子,我敲了半天门,里面传出来一个女人的回应:"谁啊?有什么事吗?"

"我们是警察,您穿好衣服出来一下,有一些事情需要跟您核实。"

紧接着屋里面的灯亮了,但是院门并没有被打开。马亮赶紧透过门缝将自己的工作证给里面的人看,那人这才打开门。出现在我们眼前的是一个神色慌张的中年妇女,怀里抱着一个两三岁的孩子,手里还牵着一个七八岁的。女人可能预感到了什么,主动问是不是她老公出什么事情了,因为她老公说出去吃饭但一直没有回来,打电话也没有人接。

我不知道该如何回答她,就在那里愣着。还是马亮很快简单地把情况给她说了一下。短暂的沉默之后,她突然声嘶力竭地哭喊起来,那哭喊声超出了我之前对声嘶力竭的所有认知。尤其是在凌晨,这哭声是那么刺耳。大人一哭,两个孩子也跟着哭了起来……

那个女人眼看就要摔倒了,马亮跟我赶紧上前扶住她和孩子。去医院的路上,那妇女无助的哭声加上两个孩子的哭声一直不绝于耳,声声扎心。也许就是从那一刻开始,我才明白刑警的责任就是一定要给受害人家属一个交代。

在医院辨认以后,那妇女确认已经死亡的男子就是她的丈夫。她带着孩子才刚刚到京海几天,本来满心欢喜,想着能和家人团聚一下,然后顺便在京海逛逛。没想到,一夜之间就要面对丈夫横死异乡、亲弟弟正在抢救的事实。我不知道该如何面对她们,只能再次选择让马亮去解释案件的经过。空旷的医院楼道里全是这个不幸的女人和两个孩子的哭声……自那之后,我再也没有因为遇见大案而兴奋过,因为受害人一家那凄惨的哭声在我心里始终挥之不去。

过了一会儿，马亮出来叫我跟他走，我们需要马上赶到派出所，队里的人基本都到位了，大家要汇总一下情况。派出所里的人会留下来照顾受害人家属。

到了派出所，队里的其他人基本上都在了，还有派出所的同志。大家分组分别将第一时间掌握的线索做了汇报，最新的线索就是，犯罪嫌疑人实施犯罪后曾第一时间到另外一家医院就医，因为他后背上的伤势很重。据急诊室值班医生说，他后背上有一道长20多厘米、深达2厘米的刀伤伤口。这名男子操东北口音，30多岁，身材不高，体态较壮，短发。当值班医生检查完伤口，告知对方需要做手术的时候，对方坚决不同意，要求值班医生给他做简单处理。值班医生感觉不对，便找了个借口离开，向值班领导汇报了情况，想通知派出所。当值班医生再次回到急救室时，发现房间的窗户被打开，那名男子已经不见了。于是医院在第一时间选择了报警，属地派出所民警接到报案后便立即出警了。结合刚刚发生的命案，该名男子有重大作案嫌疑。目前，警方已对医院进行了一次全面搜查，但是并没有找到犯罪嫌疑人。

李队问："那医生说这个男的伤势严重不严重？如果不及时治疗会有什么后果吗？"

张旭冬说："医生说了，伤势很严重，必须马上进行手术止血，如果不及时缝合的话，就会因过度失血而面临生命危险。"

李队长转身对派出所的值班副所长说："你们这边等会儿查一下案发地周边以及嫌疑人就医那家医院的监控录像。"又对王探长说，"你带着咱们队的人，加上派出所的人，分成几组，以案发地为中心向四周辐射，查找各个医院有没有收诊有类似伤情的男子，还有那些小诊所，一个都不能落下。"

于是，队里的人跟派出所的人分成好几个组，迅速分了一下搜索方向，连夜出发进行搜索。我还是跟马亮一组，我们走访了两家比较大的医院和附近的两家小诊所，一无所获。天亮以后，大家陆续回到刑警队会议室，将各自的情况进行了汇报。虽然一夜没睡，但所有人都没有困意。

李队听完大家的汇报后说："监控录像已经取回来了，等会儿安排两组人抓紧时间看看啊，看是不是能发现什么新线索。"

"各位，各位！"他略一停顿，使劲拍了拍手掌，"都打起精神，趁热打铁，讲讲各自的想法和侦查思路。"虽然大家都很累，但讲起侦案思路，一个个毫不含糊，你一言我一语分析起来。

大家分析嫌疑人应该不是本地人，因为医生说他有东北口音，而且案发地是外来务工人员聚集区，所以应该马上组织人员对案发地周边的外来人口聚集区进行全面摸排（俗称推村）。同时根据现已收集到的嫌疑人特征进行画像，人手一份，对案发现场的围观群众进行询问。

王探长建议向全市发出协查通报，要求各属地派出所对辖区内的大小医院和没有登记的黑诊所进行排查，因为该嫌疑人身上有很重的伤，他一定会选择去医院进行治疗，不然就会有生命危险。另外，分出两组人调查一下当晚案发地周边的出租车和黑车，其中一组跟各出租车公司联系，另外一组专门走访黑出租车，看看案发后是否有人拉过这样一个受伤男子。据饭店老板反映，当晚该嫌疑人喝了四五瓶啤酒，再加上伤势较重，不可能独自开车逃离。

李队听完以后表示同意，但在协查内容里加了一条，即要求全市各属地派出所注意一下荒山野岭上是否有与嫌疑人特点相符合的无名男尸。嫌疑人有可能为逃避抓捕而选择进山躲避，从而导致最后因失血过多而死亡。

自然，马亮还是带着我，我们负责案发地周边出租房的走访工作。接下来的日子，我们每天都要走访12个小时以上，因为出租房的租客都是打工族，上班时间不固定，加上现在又是夏天，经常有人在外边喝酒吃饭，直到很晚才回家。所以，我们的走访时间一般都是从早晨5点开始，因为需要找那些一早就要出门上班的人了解情况。晚上则要去两次：第一次是晚上6点，可以赶上第一批回家做饭吃饭的人群了解情况；第二次是晚上10点以后，为的是向那些在外喝酒吃饭、很晚才回家的人了解情况。两个侦查员一组，基本上一天能询问100多人，这样的走访一走就是六七天。而且，走访的要求是，所有人都要面对面询问。我记下的询问笔录密密麻麻填满了整整两个本子。这期间，因为别的组基本上都没有查到有用的线索，也陆续加入我们的走访行列。最后，大家还是回归到侦破案件的老方法，靠两条腿和一张嘴去寻找蛛丝马迹。走访询问了上千人以后，我们发现，竟然所有人都不认识那个犯罪嫌疑人，各医院也没有就诊记录，也没有出现之前李队说的嫌疑人可能会因为失血过多死在哪个荒山野岭的情况。这个人好像突然人间蒸发了一样。

每天开案件分析会的时候，会议室里到处都是烟味儿，连我这种抽烟的人也会被熏得流眼泪。而且，越到后来烟味儿越大……我知道大家都在犯愁，所以烟抽得也就更多了，尤其是我们李队，只要遇上案子，除了吃饭、睡觉，基本就是烟不离手。

这天我忍不住问马亮："您不呛吗？"

马亮说："时间太长了也不成，不过你慢慢就习惯了，习惯成自然嘛。"

事实证明马亮说的是对的，干了三年左右的刑警后，我就再也不觉得一屋子人一起抽烟会熏眼睛了。但也有例外，比如有一次我们五个人坐一辆车去蹲守抓人，正好赶上下大雨，不能开窗。可是烟瘾上来了怎么办，大家先是忍着，但时间一长便忍不住了。抽烟这种事吧，只要有人开了头，那就不用想了，结果五个人就都把烟点上了。

最后，一根烟还没抽完，大家就都受不了了，也顾不上外面的雨水了，流着眼泪打开了车窗。后面车里的同事见状马上打电话过来，问是不是车出了什么毛病，为啥车里呼呼往外冒白烟，别再是车里着火了。当听到我们说是集体在抽烟时，电话那头儿传来阵阵笑声，我们也流着眼泪跟着笑成了一片。

转眼两周就过去了，这段时间全队的人都没有休息过一天，因为我们的要求是"命案必破，案子不破，队伍不撤"。

到了后期，该做的工作、该查的线索、该看的视频都做完查完看完了，还是没有任何进展。这天，队里再次召开案件分析会，李队提醒大家要换个侦查思路，让大家各自发表意见。最终，汇总的意见是：

一、犯罪嫌疑人很有可能有过犯罪前科，因为在作案过程中该人心狠手黑，还随身带有凶器。而且，作案以后，该人还有很好的心理素质和反侦查能力。一般的寻常百姓是不具备这样的素质的。

二、犯罪嫌疑人那天出现在犯罪现场，很有可能不是去找人或者有目的性的，因为根据走访情况，没有人认识该男子。而且，后来经大排档老板再次回忆，那名男子独自吃饭，吃了将近两个小时，根据他点的菜看，也不像是在等人。所以，他很有可能是要去往什么地方，途经此处，就是为了吃饭才在此停留的。这样的话，我们的侦查范围还要继续扩大，要根据之前李队交代的，结合周边所有的公交车辆线路，再次分析嫌疑人可能落脚的地点。

正开着会，张剑的电话响了，我们听见他一个劲儿地说："不用，不用，行了，知道了。真够麻烦的。"他说完起身跟李队说："老李，我出去一下啊，我们家那位非要给我送点干净衣服来，说了半天别来，就是不听，都到门口了。这不是添乱吗……"

李队说："赶紧去吧，天天不回家，你媳妇这是查岗来了。"

张剑急忙向会议室外走去，边走边说："这个娘们儿就是不听话，欠收拾了这是……"

沈炼接道："还吹呢，谁收拾谁啊，我告诉你啊，你媳妇肯定是带着搓衣板来的，等会儿跪着的时候找个没人的地方啊，省得让别的队看见了给我们丢人。"

老张也不回嘴，留下一个"你等着"的表情就出去了。

大家都笑了，这是两周以来我第一次看见大家笑。我突然意识到，唯一能化解这些刑警老爷们儿内心那种压力和焦虑的，也就是家庭亲情的温暖了。

李队继续说："这样啊。现在咱们基本上已经排除了本地区或者案发地周边居住人员作案的可能性，那下一步就要向外延伸了。有关出租车跟黑车的情况，查得怎么样了？"

王探长赶紧说："还在查呢，出租车这边没有发现情况，而黑车的流动性太大了，所以还要再仔细走访一下。"

李队接着说道："根据目前掌握的情况分析，嫌疑人应该已经离开了京海。而且，我们查了这么多天都没找到线索，说明嫌疑人作案当天就离开了京海。但无论是先回暂住地取自己的贵重物品，还是第一时间就选择逃离，他都需要用车。所以，我们下一步的侦查重点还是要找车。我们必须把在这里拉过活儿的黑车都找到，必须做到面对面了解、证实，最后很有可能在这上面有所突破。另外，有一点必须注意，因为之前医院的监控并没有拍到嫌疑人离开医院的画面，医生也说当时窗户被打开了，那么嫌疑人应该就是从窗户跑的，所以我们不能完全肯定嫌疑人离开医院的时候还穿着他作案时的衣服。有没有可能，他从医院跑的时候偷了别人的衣服换上了呢？他一身是血，目标也太大了，既然他有反侦查能力，那就不能排除有这样的可能。所以，你们再去询问出租车跟黑车司机的时候要注意这个问题。"后来的事实证明，李队果然是对的。

按照这个思路，大家再次扩大了侦查范围。侦查重点是那天凌晨是否有人打车离开京海。这次的询问比上一次更详细，尤其是出京海这件事，对于跑出租的人来说，印象都会比较深刻。再次深入、详细地调查后，换来了我们一直期待的结果。两天以后传来消息，那天早晨确实有个可疑的人打车去了邻省的燕州。尤其可疑的是，打车的人穿了一件比较厚的外套。虽然当事司机对这件事情印象深刻，但由于这辆出租车实行的是一辆车两个司机双班倒着开的模式——一个司机晚上开，另一个司机白天开，这样的情况在还没有各种网约车的时代非常普遍——那天夜班司机交车以后，接班的司机并不知道上一个司机的拉客情况，而且后来那个夜班司机连续几天都没有再到那所医院附近跑活儿，所以第一轮询问并没有问出这一情况。这轮有针对性的询问终于让嫌疑人浮出了水面。

　　队里根据这一情况第一时间召开了专案会，并立即派人赶往燕州。到达燕州以后，我们的人拿着介绍信赶往属地分局请求当地配合。这次，首要的工作就是要以那名司机当天放下乘客的地方为中心，清查周边的所有医院和小诊所，看是否有外伤病人在那里进行过治疗。因为大医院相对来说比较正规，就诊需要各种身份信息，所以我们的重点还是小诊所。

　　第三天，张剑那边传来消息：案发第二天凌晨7点多，有一家小诊所收治了一名有刀伤的病人。根据医生反映的情况，那个病人伤势很重，当时诊所还没有开门，是被强行敲开门的。医生还说，那个病人当时因失血过多已经快昏迷了，他直接建议病人去大医院进行治疗，因为：第一，看情况，受伤的人肯定有案在身，不然就应该直接去正规的大医院进行治疗；第二，他这里确实没有输血的条件。但是，那个人坚持要在他这里进行治疗，而且很凶。最后，他因为害怕就给那个病人缝合了伤口，并进行了简单的消炎处理。那人留下500

块钱就走了，过程中并没有什么交流。

根据这一线索，我们分析该男子不可能当天离开燕州，于是就以小诊所为中心走访了附近的小旅馆，尤其是那种不用登记身份证件就可以入住的。最后，在距离小诊所一千米左右的地方，我们找到了一家有线索的旅馆。根据我们提供的相貌特征，旅馆服务员回忆起确实有一名男子没有登记身份信息，只是交了钱在旅馆住了两天，而且那两天他基本上没有出去过。旅馆服务员之所以记得这么清楚，是因为该男子曾让他跑腿买过几回饭。第三天该男子就退房离开了。这家旅馆并没有安装监控系统，所以没有其他的线索。

我们立即召开了专案分析会，大家一致认为，该男子既然能在旅馆居住两天，说明他在本地应该没有什么朋友。他之所以来燕州，可能就是因为它离京海相对较近，来这里不仅能逃离京海，还能尽快接受治疗，并将它作为下一步出逃的中转站。所以，现在该男子应该已经离开了燕州。

正当我们在燕州商量下一步方案的时候，队里传来了新消息。队里一直在对全市各大出租房聚集区进行走访，现在终于有了进展。一名房东反映，他的一名东北籍租客跟我们提供的嫌疑人的基本相貌特征比较相符。前几天收房租的时候他联系不上这个人，对方手机关机，出租房里也一直没人。之后几天他连着去了好几次都找不到人，这才想起前段时间社区民警给大家说的情况，于是找到了派出所。现在，那名男子的基本信息已经确定，队里也已核实，该男子32岁，东北黑龙江人，23岁时曾经有过持刀抢劫并伤人的前科，被判入狱七年。根据房东反映，该男子在他的出租房已租住了三个多月，房东并不了解其职业。

现在队里要求我们在燕州的同志立即分成两组，其中一组四个人，立即赶往嫌疑人的老家进行调查，另外一组人在燕州继续根据确定的嫌疑人身份信息进行调查，看看他是否还留在当地，或者有没有乘坐火车和长途汽车去往别处。

我跟马亮、赵天成、张旭冬组成第一组，立即赶往嫌疑人的老家佳木斯。京海那边，队里已经联系了当地警方，让他们替我们进行摸排。晚上在火车上，马亮拿着一瓶啤酒就着一袋花生米，坐在火车过道上的小桌子边，望着窗外沉默不语。

我起身凑过去问道："马哥，你感觉这次能把这孙子抓回来吗？"

马亮说："我觉得差不多吧，这孙子没有正当职业啊，这才出狱不到两年，来京海应该就是打工的，或者想在京海抢点钱。现在他犯事儿了，继续作案的概率不大。但他要想继续活着，肯定需要钱，既然不能铤而走险再次作案，那么能弄到钱的最安全方式就是跟家里要。你看了他的家庭信息吧，他老家还有一个哥哥和一个妹妹。妹妹今年二十，在外地上学呢；哥哥三十六了，已经结婚了。我估计他去找他哥的面儿大，等咱们到了地方，先去摸摸他哥的情况。你赶紧睡会儿吧，到了地方还不知道什么时候能睡觉呢。"

这一夜，我躺在火车的硬卧上几乎没怎么睡。这是我第一次因为工作出差，而且已经知道了嫌疑人的身份，我说不清楚自己是什么心情……

到了地方，刚出站，赵天成探长就打电话联系了当地的同志。几分钟以后，两个当地的刑警非常热情地来接我们。一辆桑塔纳上坐六个人，因为赵天成个子大，所以坐在了副驾驶。除了司机，我们四个大小伙儿都坐在后排，那个挤就不用说了。

马亮看出了我的难受劲儿，跟我说："你是觉得挤吗？"

我很好奇地问他："马哥，你不觉得挤吗？"

马亮笑了，说道："我跟你说啊，我师父当年一辆212吉普车拉过十个人呢，你信吗？"

说实话，当时我是不太相信的，也就是当故事听听，因为没有办法证实啊。但是，出于对老前辈的尊敬，我没有反驳。不过，现在互联网发达了，你轻易就能在各大视频网站上搜到相关视频，一辆车上坐十好几个人已经不是新鲜事了。

车子停下以后，我下车才发现，车并没有把我们接到公安局，而是送到了一家饭店的门口。我有些吃惊，马亮和赵天成却很习惯了，问道："来这地方吃什么？"然后一边听着当地刑警的介绍，一边走进了饭店。

张旭冬跟着当地的一个刑警去点菜，剩下的那个跟我们介绍道："接到咱们京海的协查以后，我们局已经第一时间派人去进行摸排了，现在嫌疑人家里和他哥哥家里都有专人去查，估计明天就能有准确的消息了。咱们别着急，人只要在，我们就能帮你们抓了，然后你们带回京海就行了。坐了一夜的火车，吃不好睡不好的，咱们现在的任务就是好好吃饭，然后好好休息一下。"

我看了这架势忍不住说了一句："我们不能休息啊，要赶紧把嫌疑人抓住才行，人还是我们自己抓吧。"

对方听我这么说，看了看我，问道："这个小同志一看就是刚干刑警吧？"

马亮赶紧说道："今年刚分来的大学生，这是他第一次赶上弄命案。"

"我说呢。我跟你讲啊，小同志，咱们天下刑警是一家，你们来我们这里了，就要听我们的。你放心，我们说了帮你们把人抓住，他就跑不了。等啥时候我们上你们那里抓人了，还要靠你们呢，是不是啊？听我的吧。"他转向赵天成继续说，"赵队啊，等会儿中午就我们两个陪你们了，我们队长亲自下去摸情况了。晚上他再来跟你们一起吃饭。咱们中午先整点酒不？"

赵天成赶紧说："中午先不喝了，案子第一位啊，万一要抓了嫌疑人呢，喝酒不耽误事了吗？等咱们把案子破了，我好好请你们喝一顿。"

"那行，听咱们京海领导的，好好吃，酒店已经给咱们安排好了，条件还可以，关键是能给咱们优惠。出差在外都不容易，我知道你们的标准也不高，一天连吃带住的也就200块钱吧。咱们也不能超标，能省点是点。"

千里之外，两个城市的刑警因为案子像一家人一样坐在了一起。第一次听到有人说天下刑警是一家，说实话，我心里是温暖的。多年以后，我也习惯了把这句话挂在嘴边，而且三年以后我们确实也在京海帮助他们抓了一个逃犯。

吃完饭，他们把我们送到了一家当地所谓的三星级酒店，然后在大厅等我们上去放下行李，之后把我们带到了当地的刑侦大队。走进会议室的时候，已经有几个人在等着我们了。大家互相做了介绍，然后当地的刘大队长开始给我们介绍目前掌握的情况。

我们在路上的这两天，当地刑警已经对嫌疑人的父母家和哥哥家的情况进行了摸排。有证据显示，嫌疑人确实回到了当地，只是并没有跟父母和哥哥一起居住，但是有人反映他去找过他哥。现在，一组侦查员已经在他哥家和他父母家进行蹲守，另有一组侦查员正在全城范围内寻找嫌疑人的落脚点，目前已经有点眉目了。

我不禁感叹道："您这边效率可真高啊。"

刘大队长笑着说："我们这边不比你们京海，地方不大，人又少，大家绕上两圈基本上就都认识了。谁家有个啥事一般都能问出来，咱们要找的那个老刘家的二小子以前就是我们处理的。当初也没觉得这个孩子能干出这么大的事，那次抢劫也就抢了几十块钱，因为那个被抢的女的喊了几声，就让他拿刀给划了一下，一下子进去七年。这家伙刚出来才几天啊，又干了这么大的事儿。"

听完我好奇地问道："这是个什么样的人啊？为什么这么狠呢？"

刘大队长说："看着他也不觉得狠，上回被抓的时候还是个毛楞的小伙子呢，谁知道怎么成这个样子了。"

正说呢，突然刘大队长的电话响了，只听见他说："好，好，给我看住了，先别着急动手啊，一定要给弄准了。等我消息。"

挂了电话，刘大队长对赵天成说道："赵队，我们那边已经发现老刘家那个二小子的行踪了，就在紫晶小区。怎么着，咱们现在过去？"

"好啊，咱们走吧。"赵天成赶紧回答。

刘大队长马上安排了人和车，我们一起前往嫌疑人出现的小区。到了地方，一个当地的侦查员跑过来跟刘大队长和我们汇报了情况。原来那组蹲守嫌疑人哥哥家的侦查员一路跟着他哥哥到了这个小区附近的一家饭店。没过多久，嫌疑人就来到了这家饭店，还和他哥哥一起吃了饭，然后嫌疑人的哥哥就走了。

嫌疑人随后自己回到了这个小区的一个单间。现在侦查员正在监控嫌疑人。听完以后，我们就跟刘大队长商量应该马上进行抓捕。刘大队长同意了，但是有一个要求，等会儿抓人的时候他们的人先上，我们在后边。赵天成则坚持说应该我们先上。

争执了几句后，刘大队长说："还是那句话，在我们这儿抓人就应该我们先上，到了京海我们也不跟你们争。就这么着了。"最后我们只能同意了。

抓捕的过程没有电影里那么惊心动魄，一个民警一边敲门一边用当地口音喊道："你们家门口放的这是什么玩意儿，赶紧给我收拾了，不然我都给你扔了。"结果里面传来一句："我放啥了？"门就自然地开了，等我冲进去的时候，嫌疑人已经被按在床上了。

我们对照着手里的个人信息表问嫌疑人叫什么名字，对方不回答，也不说话。赵天成走过去将嫌疑人的上衣撩起来，对方背上果然有一个长约20厘米的刚刚拆线的伤口。接着，赵天成扶正嫌疑人的头，看着对方亮出了工作证："刘家喜，是吧？看清楚了，京海刑警。我们找了你快一个月了！明白了吗？别给自己找不痛快，踏踏实实的，事儿都做了，还不敢认啊？"

嫌疑人终于泄了气，不再挣扎。

押解嫌疑人回刑侦大队的路上，我们都没有说话，彼此心照不宣。到了地方，嫌疑人被关进了审讯室。马亮和张旭冬负责对他进行审讯，赵天成去跟刘大队长进行下一步的工作对接。而我因为是新警，还没有审讯嫌疑人的能力，只能坐在旁边旁听。

坐在旁边的我像再一次回到了学校课堂上，拿着本和笔做着笔记。只不过，这样的课堂远比学校的课堂更加真实、更加残酷。案件本身并不复杂，嫌疑人出狱以后在老家靠父母养着待了两年，因为受不了周围人的白眼和挤对，便拿着家里给凑的路费上京海打工了。可是，因为他本身文化水平有限，而且还有过前科，所以很多正规单位都不愿意用他。于是，他只能在一些建筑工地上干零工，可是他又吃不了那个苦，干了一个月就不干了。后来，他想重操旧业，于是买了把刀，整天满大街地寻找下手抢劫的机会。

那天他也是无意之中才去了那个大排档，本来想先吃点东西喝点酒，等天再黑一点，看看是不是有机会可以抢劫一些下夜班回来的单身男女。没想到的是，他因为旁边的一桌人说话声音太大和对方发生了争执。他本也没想把事情闹大，直到后来那边又叫来了人，还拿着刀，他的凶残本性才暴露出来，动手就把三个人给扎了。看见对方的人都躺下了，他也有点慌。因为自己也被刀砍伤了，他便先去了医院，后来医生说要做手术，他怕警察赶来把他给抓了，就顺手拿了楼道里陪床人的一件厚衣服穿在身上，然后翻窗户从医院后边绕到前面，打车跑了。因为他之前在工地上做零工的时候有一个工友是燕州的，所以他知道燕州离京海不是很远，就连夜跑到了燕州。他先是找了一家小诊所治了伤，然后在一家旅馆养了两天。用他的话说，那两天他都感觉自己差点死了。感觉好一点之后，他又赶紧跑回老家，跟他哥哥说他在京海找了一个合伙人，想要开个小饭馆，让他哥哥给他凑点钱。他哥哥并不知道他在京海的事情，而他自己也不知道他扎伤的三个人中有一个已经死了。这就是整个案件的经过。只不过从他嘴里说出来显得是那么轻松。

马亮叫来当地刑警，请他们帮着看一会儿嫌疑人，然后叫上我和张旭冬去找赵天成。我们四个人坐在会议室将情况认真分析了一下，下一步需要对嫌疑人的哥哥进行询问，看看他是否真的不知情，是否存在包庇行为。如果对方有包庇行为，需要一起处理。于是，我们请当地刑侦大队帮忙，将嫌疑人的哥哥也带了回来，对他进行了询问。最终核实，嫌疑人的哥哥确实不知道嫌疑人在京海实施犯罪的情况，就排除了包庇的嫌疑。

赵天成把这个消息第一时间报告给了队里，大家都很兴奋。我们决定先将嫌疑人羁押在当地的看守所，第二天再收集一些固定证据，第三天押解嫌疑人回京海。当天晚上，当地刑警队来了十多个人请我们吃饭，当然我们中途偷偷跑出去抢先结了账。这顿饭吃得很温暖，因为还有押解嫌疑人的工作，所以大家还是没有喝酒。

收尾工作完成以后，我们四个人押解着嫌疑人坐上了回京海的火车。路上，我很好奇为什么会有人因为一件小事就去杀人，于是就问嫌疑人。可是他也没有给我答案，他说他并没有想杀人，只是他身在京海，自己没有什么安全感，而且有过前科，这让他在遇到危险时习惯性地选择最简单的方式，那就是"你要打我的时候我只能选择比你更狠"。我问他："你想过明天吗？你想过你的未来吗？"他先是沉默了半天，突然抬起头看了看窗外，说了一句"自打第一次进去的时候，就不知道啥是个未来了"。

也就是从那以后，我就养成了一个习惯，就是喜欢跟不同的犯罪嫌疑人沟通。我特别想知道，他们为什么会走上犯罪的道路。我自己总结得出，其实归纳起来，嫌疑人也就两种：一种是预谋犯罪，一种是冲动犯罪。除去极其个别的嫌疑人，绝大部分嫌疑人内心都有柔软的地方。而且，往往外表越强硬的人，心中柔软的地方就越脆弱，如果你不能让他主动交代，只是你没有找准突破的方向而已。至少我干刑警这么多年，很少遇见心如磐石的嫌疑人。

押解过程还是很顺利的，不过其中有一个小插曲。因为我们四个人押解嫌疑人回程时没买到连座的车票，这就需要上车后去跟别人沟通换位置。一般的押送流程是这样的：押解嫌疑人上车的时候，我们会用衣服将他戴手铐的手遮挡起来，以避免一些不必要的麻烦。白天的时候，嫌疑人就在下铺坐着，赶上睡觉的时候，就给他安排在中铺，下铺两个位置需要作为我们侦查员的值守点，我们四个人两班倒，保证每时每刻都有两个人负责监控。

马亮他们说，一般这样的情况到车上都能商量下来，所以虽然没有买到连座的票，也大可不必担心。可是，没想到的是，这次偏偏就赶上了一个坚决不愿意跟我们换票的乘客，态度还特别蛮横。

马亮好言好语，他却斜眼瞅着我们说："凭什么啊，火车是你们家的，你想换就换？"

马亮解释道："这位同志，我们几个人是一起的，您行个方便，先谢谢您！"

"谢什么谢，我答应了吗？"那乘客在下铺一卧，说道，"我就在这儿了，别烦我。"

不管我们怎么解释都不行，好话说了一箩筐，后来只能找车厢乘务员出面，仍是无果。

最后，连嫌疑人都有点看不下去了，他于是故意将挡在手上的衣服抖落下来，露出亮晃晃的手铐给对面下铺的那名乘客看。那位乘客看见以后一愣，赶紧问我们这是什么情况。事情既然已经发展到了这一步，我们也只能说明身份。至于案情，我们自然是不能说的。

那人好奇地问嫌疑人："兄弟，你这是干吗了？"

嫌疑人冷冷地回答："打架。"

"咳，就这事儿啊。"那名乘客本来警惕起来的神经貌似又放松了下来。

"确实没什么大事，就是打死人了。"

嫌疑人继续冷冷地说："兄弟，你这是上京海干啥啊？反正也没啥事儿，这一路咱们好好聊会儿吧。"

"我跟你个杀人犯有什么可聊的，你管我干吗。"

"你看你，急什么啊，这回去路上时间长着呢，晚上我是睡不着了，我就想跟你聊天。"

还没等我们再次说话，那位乘客就立刻起身，主动找到马亮说道："警察同志，他真杀人了啊？"

"人家不是跟你说了吗，他能在警察面前乱说话吗？"

"我跟你说啊，这种人，你们要严肃处理啊，不能再让他危害社会了。对了，你们不是要换票吗？给我吧，我可不愿意跟个杀人犯坐在一起。"

这个大哥说完便拿上换的票离开了，直到下车，都没再出现过。我回想着嫌疑人跟我说的"你要打我的时候我只能选择比你更狠"的处事方式，其实现实中也是普遍存在的，只是稍有差池就会一念地狱。

出了火车站，姜劲东早已等在车旁。

回到队里，我并没有看到之前想象中的欢庆场面，只有内勤的思思姐和李队在。原来，接到我们抓到嫌疑人的消息后，李队就安排大家回家休息了，其他人明天才来上班。而我们还要等会儿，要先办手续把嫌疑人送进看守所。

刑警队就是这样，负责的人需要把案件一盯到底，谁的案子谁负责。而且，队里的人都已经习惯了，有案件的时候经常十几天甚至一个月不能回家，不能休息。因为案件的发生时间总是不可预测的，所以每个案件结束以后，就要抓紧时间休息。你永远不知道下一次出现场是什么时候。我已记不清自己是什么时候适应了这样的生活，可能当时也没有过多地想这个问题。

我们送完嫌疑人回来的时候已经是早晨了。回到队里时，张剑他们已经来上班了。张剑看见我便说："小子，你出差回来了，前几天发工资，我先给你收起来了，赶紧给你吧。我这天天带着这么大一笔巨款，回头让你嫂子翻出来可就麻烦了。"我问道："怎么着，张哥，您还怕说不清楚啊？""我不是怕说不清楚，我是怕她给我没收了。好不容易做回好人好事，回头自己再搭上1000多块钱，找谁说理去啊。"他说着便从钱包里拿出钱，开始给我数。"1080，正好，你收好了啊。"我一边接过钱，一边笑着说："哥哥，那只能说明您在我嫂子这儿信誉度不高啊，肯定之前藏钱被发现过吧！"

老张说："你别笑，等你结了婚也一样，天天在一起，不弄点小矛盾怎么过一辈子啊。行了，跟你说不明白，以后慢慢品吧。哦，对了，马亮呢，这次出差带什么烟回来了？"

"他刚才好像放在里屋桌子上了。"

我也是这次才知道，刑警出差都有一个习惯，那就是带点当地特产的烟回来给单位的人尝尝。毕竟，刑警队的人大部分都是烟民。

拿着第一次发到手的工资，我心里还真有点激动，只想赶紧回家，把这段时间的经历给家里人好好添油加醋地讲讲。我拿上工资，问李队是否可以回家休息两天，李队长很慷慨地批了我两天的倒休。于是，我急忙收拾好东西，奔向公交车站。

单位离我家还是比较远的，并没有直达的车，路上需要换一次车。连续日夜奔波，说实话，我已经困得不行了。拿到工资的那一点兴奋劲儿根本支撑不了多长时间，换了一次车后，我就在车上昏昏沉沉地睡着了，而且睡得特别香。不知道过了多久，隐隐约约中，好像有人推了我一把，问我是不是到站了。我揉了揉眼睛，稀里糊涂地就下了车。我站在站台上望了望四周，才发现还差一站地才到家，由于困意还没有彻底散去，我便找到路边一处马路牙子，想坐下来抽根烟，缓一缓神儿。从腰包里拿烟的时候，我才意识到我腰包的拉链不知道什么时候被打开了，里面刚刚到手的第一个月的工资竟然被偷了！

这下我彻底不困了，有心追上刚才的车去寻找，但转念一想，钱肯定是找不回来了，关键太丢人了！我心里真是说不出的郁闷，自己身为刑警居然被偷了，还一点都不知情。我只能默默地走回家，自然也就没心情再吹嘘破命案的事情了。去上班的时候，我又厚颜无耻地跟家里要了500块钱。当然，我没说丢工资的事情。

忙碌起来总是过得又快又充实，我已渐渐习惯了出现场、接案件、找线索、抓人……加上还参与了一起命案的侦破，这让我对刑警生活充满了信心和使命感。还有一个变化，就是我有了自己的师父。因为这期间我总是跟着马亮一起办案，李队很自然地便指派马亮当我的师父。

当然，我也没有忘记跟李潇他们的约定，本想着大家聚一聚，但愿望并没有达成。电话是打过，不过大家都很忙，虽然忙的不太一样，但是刑警的工作总能让我在打电话的时候多那么一丝自豪感。

7 询问笔录

最近，我们辖区的两个派出所连续出了三起抢劫案件的现场，受害人都是夜晚回家的时候遭到陌生男子尾随，从身后遭到持刀威胁和抢劫。根据我们目前掌握的线索，三起抢劫案的受害人对犯罪嫌疑人的描述基本一致，而且嫌疑人的作案手法相似。经过初步分析，我们认为很有可能是同一个嫌疑人连续作案。

因为最初的笔录都是派出所的民警记录的，有一些作案细节需要重新进行核实，所以李队要求我们重新对受害人进行询问，务必对案发过程进行详细核实。

因为案情相对简单，我被安排跟刘博一组，负责联系事主到刑警队重新做询问笔录。对于我来说，虽然刚参加公安工作不到半年，但是对于这样的询问笔录，我还是很有信心的。刘博虽然与我同岁，但由于他参加工作早，在队里已经是骨干力量了。在我们这些新人面前，他更是喜欢摆老大哥的姿态，这种询问笔录的事，他自然不会亲自操刀。

这一天，我联系了其中一个事主到队里做笔录。刘博先跟我一起简单地跟这位女事主交流了一下，然后他接了一个电话便准备离开。他让我自己给事主做询问笔录，等笔录做好了再拿给他看。

我先给事主解释说因为现在刑警介入了这个案件，所以需要她来刑警队再做一次笔录，事主对此表示理解。她也是第一次到刑警队，感觉很新鲜，表示绝对配合工作。开始做笔录之前，我再次认真地回忆了一下有关笔录的询问重点，觉得应该没有什么问题后便开始了。整个询问不超过40分钟，让事主签字确认以后，我信心满满地拿着笔录去给刘博看。本以为应该不会有什么问题，没想到……

看完笔录后，刘博抬起头看着我说："你问完了？"

我说："是啊，问完了。"

"该问的都问了？"

"问了啊，有什么问题吗？"

没有任何预兆，刘博听完以后，顺手就把我刚刚做的笔录给撕掉了。他一边撕，一边对我说："回去重问吧，你刚才记的没用。"

我一下子有点蒙，根本不知道为什么，但在刑警队就是这样，对于老同志，年轻同志根本不能反驳，尤其是像我这样刚刚参加工作的。我低头捡起被撕碎扔在地上的询问笔录，走出了房间。说实话，我心中是有点不服气的，但是并不敢发作。走到事主所在的房间门口，我又将刚才的问题认真回忆了一下，心中想着到底哪里出了问题，应该是有问题没问仔细吧。

我再次走进房间，很不好意思地跟事主解释，说需要再加一些问题。这次，我把自己能想到的问题都问了个遍，再次让事主签字确认以后，拿着新的询问笔录去找刘博。

刘博看完询问笔录以后抬头看了我一眼，说道："你都问到了吗？"

我看着他说道："是啊。"

结果，材料还是被他不留情面地撕掉了，没有任何说明。我的内心有点崩溃了，想着我的材料没有问到核心问题，重新再记不是问题，可问题是，我不知道怎么去跟事主解释……当时我的脑子真有点乱了。我硬着头皮再次走进那个房间，事主看见我，问她什么时候可以走，我只能说还需要再追问一些问题。可想而知，人家是多么不情愿，忍着不耐烦，又配合我做了一次笔录。这一次，我没有再让事主签字，直接把材料送到了刘博手里。我感觉他都没有认真看，他也没有问我任何问题，直接撕掉了材料。

这下我有点忍不住了，直接问了句："你别撕了，哪儿有问题你直接说啊？我加上去不就完了吗？再说了，我觉得我问得已经很详细了啊。"我感觉自己的音量提高了很多，甚至有点控制不住情绪了。

刘博只是说："你如果自己找不着问题，就永远记不住。回去再问。"没等我说话，他就转身走了。

我再次捡起被撕掉的材料，彻底不知所措了。我实在不知道该怎么去面对那个事主了，她已经在那个房间坐了3个多小时了。但是，没有办法，我只能再次跟她解释，用我刚刚参加工作、业务还不够熟练作为理由装可怜，希望对方能谅解。那个女事主应该也感觉到我是新人，虽然她很不高兴，但并没有再埋怨。而且，她还安慰我，说她能理解。在她的协助下，我再一次完成了询问笔录。

这一次拿着材料去办公室的路上，我心里一直在想，刘博是不是故意在刁难我。我有什么事情得罪他了吗？我已经返工三次了，并没觉得还有什么没有问到的问题。时间、地点、环境、被抢劫的物品以及嫌疑人的相貌、口音、衣着特征、作案工具、逃跑方向、是否伤人、是否有同伙、有没有交通工具等，无一遗漏。一份简单的询问笔录，从最开始的三页纸到这次已经变成六页纸了，而且我觉得有些问题根本没用，但我还是问了。我心中暗想，如果这次刘博再说我的材料有问题，却说不上来问题是什么，我就要跟他好好理论一下了。

果不其然，材料又被撕了，刘博还说："你这简单的材料怎么越弄越复杂了啊？"

我一下就来气了："那你说，到底哪儿有问题，我觉得没有问题。不行咱们找李队去，让他给看看。李队长要是也说有问题，我就认了。"

刘博听我这么一说反而笑了："其实你这个材料第一次的时候就算做得不错了，要说有什么大问题呢，也没有。"

我一看他这么说，更加认定他是在故意找我的麻烦。正准备跟他翻脸的时候，又听见他说："但是吧，你有没有想过，我们现在要是抓了嫌疑人，那我们的材料是不是直接就会影响嫌疑人将来的量刑问题啊？"

"那肯定的啊。"

"对啊。那你知不知道抢劫罪最后的量刑，其中很重要的一条就是要根据嫌疑人抢劫财物的数量和价值来决定啊？"

"对啊，这我当然知道啊。"

他接着说："你知道为什么不问啊？"

我不服气地说："我问了啊，她被抢劫的钱啊，手机啊，我都记清楚了啊。"

"是，这些你都记了，那装钱和手机的包，你怎么不给人家算上啊？你是不是应该问问包是什么牌子的、花多少钱买的？有没有发票啊？算不算被抢物品的价值呢？"说完，他将撕碎的材料扔在了桌子上。

我手心开始出汗了。对啊，万一她被抢的包是个名牌包的话，直接就影响了案件量级。我赶紧再次跑回办公室，跟那个女事主又解释了一遍。女事主听完以后笑了，说包是她在动物园的批发市场买的，不值钱，所以她只提了被抢的钱和手机，没主动提包的事情。但是，我知道，不管事主提不提，这都属于必须要问的基本问题，是一个合格的侦查员应具备的最基本素质。

送走事主的时候，已经是晚上7点多了。没想到的是，事主不仅没有埋怨我，走的时候竟然还说没想到警察的工作这么细致，还要谢谢我。说实话，我当时眼泪都要掉下来了。一个下午五个多小时，一份简单的询问笔录，我竟然写了五遍。

有过这一次经历后，我对刑警的认识越来越具体、清晰了。做刑警，光胆大远远不够，还必须心细。而且，刑警可能都不太会表达，他们只会用最简单的方式让你去找寻答案。这次的经历对我来说很难忘，从那以后，我对询问笔录这件看似最普通的工作也有了新的认识。在单位只要有时间，我都会拿起之前的笔录复印件认真翻看，并且做重点笔记，从中汲取经验。这些积淀让我做询问材料的能力得到了很大提升，这才有了后来加入专案工作的经历。

8 专案组

我入职刑警队大概一年多的时候，京海发生了一起严重的、从来没有过的超市投毒系列案件。其中，涉事的冠隆超市大槐树店、天天大厦店，以及百发超市百泉路店，都在我们队负责的辖区海清区内。嫌疑人利用注射器给食物注射含有农药"氧化乐果"和"呋喃丹"成分的液体，并放置恐吓信，以此要挟商家向一个名为"李杨"（伪造身份）的账户汇款。该敲诈勒索事件导致商家需要第一时间将所有上架食品下架并进行安全检测，造成数百万元的直接经济损失，而且造成了一定的社会恐慌。该案件性质极其恶劣，为此市局、分局都成立了专案组进行调查。

这天早晨，李队突然通知大家到大会议室开会。进了会议室我才发现，来的不光是我们队的人，其他队的人也都在，整个会议室坐得满满当当的。主管我们的副支队长吴国豪也在，大家见状都有点蒙，因为在刑警队四个队很少一起开会，我还是第一次赶上。

我好奇地问坐在身旁的师父："这是什么情况？"

师父说："肯定是有大案子才会这样。"

我正准备再问的时候，吴支队说话了："今天把咱们各个队的人都召集在一起，是因为现在有一起特别的案件，需要向大家进行通报。从上个星期开始，京海连续出现一系列的商场超市投毒案件。"

此话一出，会议室立即变得热闹起来，大家纷纷开始议论。

吴支队接着说："先别说话，听我说啊。第一起发生的时间是11

月4日，嫌疑人用注射器向商场超市内的食品进行了注射。后来经化验得知，嫌疑人向食品注射的是含有农药'氧化乐果'和'呋喃丹'成分的液体。现在，各大超市都已经将食品纷纷下架，开始检查了。这个案件也给老百姓带来了极大的恐慌，我从警这么多年来也是第一次遇见这样性质恶劣的案件。而且，昨天咱们区的冠隆超市也发生了一起类似的投毒案件，化验结果一样。根据现在咱们掌握的线索，我们经过分析初步判断应该是同一人所为。既然嫌疑人已经跑到了咱们区，那没的说，一定要把他给我拿下。等会儿让内勤把目前全市范围内发生的相关案件的基本情况和线索分发给大家，大家抓紧时间熟悉情况，注意保密纪律。今天开会有两个目的：第一是向各队通报情况，各队要在自己日常的工作中注意发现，如有线索随时上报；第二是目前市局已经成立了专案组，咱们分局支队也要成立专案组配合市局。现在，分局已经安排各个属地派出所还有咱们刑警队的人，对辖区内的各大超市进行全天候蹲守监控。咱们的任务就是安排两队人，每队分四个组，每组两个人。其中一队负责配合属地派出所蹲守监控，另一队负责走访，对发生案件的超市进行进一步的细致走访，争取能捞点有价值的线索。各队回去后自己安排人，材料里有咱们支队专案组的负责人，分好组以后自己联系，根据专案组的要求开展具体工作。还是那句话，都什么年代了，还敢在京海投毒，一定给我细致再细致地查，必须把这个孙子给我抓住，发现任何重要线索立即上报。散会。"

回到队里，李队长一边抽烟，一边挠头。因为队里本来就有一个抓捕行动，现在再出四个人有点困难，所以李队就给另外一个队的队长打电话商量，让他们多出一个人，我们这边只出3个人，那边很痛快地答应了。后来，我和曹振明被分配到了一个组，他是另一个队的探长。

因为我参加工作的时间不长,所以跟曹振明探长并不是很熟悉。出任务时,我负责开车,路上也不太敢说话。曹振明是一位已经参加工作六七年的老刑警,人高马大的,东北人,很善谈。看我不说话,他就主动问我:"小子,咋不说话啊?咋的,紧张了啊?"

我说:"那倒没有,就是不知道这种投毒案件该怎么个查法。"

曹振明听后笑了,说道:"你先判断一下,这个人投毒的目的是什么啊?你说说,我听听。"

我手握方向盘,用余光看了他一眼,没敢说话。

曹振明继续说道:"刑警不是武夫,抓人的时候基本上案子就已经破了,所以好的刑警是要动脑子的。你不把嫌疑人分析明白了哪成啊?你要弄不清楚他的作案动机是什么、作案目的是什么,那还算什么刑警啊?咱们是要靠脑子吃饭的,根据案发现场的证据,一点一点地还原作案过程,才能更了解嫌疑人。只有了解他了,才能找到他,明白了吗?刚才会上发的基本材料你也看了吧,说说你的想法。别怕说错。"

我顿了一下说:"作案动机跟目的还不一样啊?"

"那肯定不一样,就拿这个案子来说吧,嫌疑人作案是为了报复社会啊还是为了敲诈勒索啊,这个就是作案动机。"

"那跟目的有什么不一样啊,目的不也是为了钱吗?"

"嘿,你上学的时候老师没给你讲啊,白上学了啊,有人作案是为了出名,引起社会的关注,可不是所有人都是为了钱。"

"哦,明白了,我就怕自己分析得不对。您可别笑话啊。"

曹振明转过头看着我说:"让你说你就说,总有一天你也要独立办案啊,能赶上这样的案子对于咱们来说是挑战也是学习的机会。说吧,说吧,我听听,等你说完了,我再给你说说我的想法。"

"那我说了啊。"我清清嗓子回答道,"我看材料了,嫌疑人在短短的时间内连续作案多起,而且每次投毒以后都留了恐吓信,唯一的要求就是给他的一个账户内打钱。根据前期为数不多的监控视频资料显示,该男子作案的时候基本上都穿着同一身衣服,所以我觉得他作案的动机应该是缺钱。目前他没有过多的反侦查手段,我觉得不像是有过前科的犯罪人员。他的目的应该不是为了报复社会,不然就不会留下恐吓信了,所以他的目的自然就应该是图财了。从他目前作案的地点来看,他都是围绕商业圈儿作案的,所以我觉得他应该没有作案车辆,而是选择公共交通出行的,可能是以地铁为主的,因为案发地周边大部分都有相对成熟的公共交通。嫌疑人所选择的投毒地点也不是相对固定的,比如针对某一品牌的超市,所以他应该不是针对某个商家的。我个人认为,由此可以排除他之前是某家超市的工作人员,因为与自己的工作单位存在某种矛盾,所以故意报复某个商家的动机……"

曹振明听我这么说,突然笑了。我看他笑了,就不自觉地紧张起来,不再说话了。

曹振明说道:"接着说啊,挺好的。"

我这才放下心,接着说道:"所以,我觉得我们的侦查重点应该是尽量访问那些见过嫌疑人的目击者,尽可能地掌握嫌疑人的体貌特征,提供给专案组,然后安排人在各大地铁和公交站进行蹲守。这样应该就能抓获嫌疑人了。"

"行啊,小子,这才来了一年多吧,能想这么多很不容易了。可以,可以,是干刑警的料。你刚才说的,我觉得都有点道理,但是我要给你补充一点啊。你知道咱们京海有多少个地铁口、多少条公交线路吗?如果每个站口都安排人蹲守,先不说有没有那么多人,就是有那么多人,你知道每个地铁口每分钟出来多少人吗?就算嫌疑人出现了,你能保证一眼就发现他吗?所以说,除了你刚才分析的,还有两个重点要注意。第一，就是你要预估嫌疑人是不是还会继续作案。从目前看，他既然是为了图财，那么根据目前掌握的情况看，已经有商家给对方打钱了，但是都不多，嫌疑人应该还没有达到他的目的，所以我觉得他应该还会继续作案。既然他会继续作案，那么我们抓住他就是迟早的事情，所以我们监控的重点还是繁华地带的商场超市。第二，你刚才说的要尽快核实嫌疑人的体貌特征，这个我很认可。但是，我问问你啊，你知道这样的询问笔录该怎么做吗？应该跟一般的询问笔录有什么区别吗？"

听到这里，我一下子有点蒙，之前被撕材料的事情还历历在目。但是，我转念一想，就是因为有了那次被撕材料的经历，我可是在询问笔录上下了大功夫的。最近这段时间，我几乎每天都会花很长时间翻看之前队里留存的那些经典案件的复印材料来学习。于是，我就大着胆子把我认为需要着重注意的点给曹振明探长说了一遍。

曹振明听完以后先是点点头，接着对我说道："小子，我给你说啊，以后再做材料的时候，一定要分清楚案件的性质和你掌握的材料价值。比如说，等会儿咱们要去的这家超市，那个服务员确实见过一个疑似嫌疑人的人，但你一定要记住只是疑似。所以，我们现在还不能确定那个人就一定是嫌疑人。我们要收集的信息很可能对于将来抓捕嫌疑人有重要意义，甚至对于以后对嫌疑人的量刑有直接影响。那么，这个询问笔录的重要性就可想而知了。做专案材料，一定要更加了解你所提问题的针对性、确定性和真实性。比如，服务员说他看见那个人了，你就要问清楚，服务员看见那个人时两人相距多远？当时屋里的灯光环境如何？服务员是不是近视，如果是近视，那他当时是不是戴着眼镜？看见嫌疑人的时候，他本人在做什么？他是真的看清楚了，还是只是扫了一眼对方的样子？他们有没有对话？有的话，对方是什么口音？他是否有什么觉得不正常的地方？有什么他难以忘记的情节？只有这样，问出来的嫌疑人体貌特征才能算基本上客观可信，明白了吗？"

我连声说道："哦哦哦，原来做询问材料还有这么多门道呢。"我听得心里一阵发紧，赶紧默默记下曹振明的每一句话。实战见真知，经验这东西不是能一蹴而就的。

"你啊，还年轻，办案经验都是慢慢熬出来的，办的案子多了，见的自然就多了，也就有了积累跟思考。没有捷径。别着急，慢慢来。等会儿到了以后，你来做服务员的询问笔录材料。"

我对自己又不太有把握了，回答道："我行吗？"

曹振明说道："你要是自己都觉得自己不行，那你还能指望谁说你行啊？"

"好，我行！"

到了地方，我们找到了案发当天值班的超市服务员，然后找了一间办公室，我就开始按照刚才曹振明探长给我讲解的询问重点做材料。

一个询问笔录，我整整记录了8页纸，才算把我想问的、想确定的问题问完。这时，我才想起身边的曹振明探长。我转过头望向他，他微微地点了一下头，我这才如释重负。临出超市的时候，曹振明给那个服务员留了我们的电话，说如果再看见那个人或者别的可疑人员出现，一定要第一时间联系我们。

回单位的车上，我的心情还是很激动，因为我觉得我的材料里也许就记录着对本案至关重要的线索。而曹振明好像一直在思考什么，并没有跟我再有太多的交流。当时我不太明白原因，一直到我也能独立带人出去办案的时候，我才理解。因为后来我也这样，这是一种习惯，一个成熟刑警的习惯：在掌握任何一条新的线索之后，第一件需要做的事情就是思考，这个线索很有可能成为接下来案情发展的关键点。

就这样，连续几天，我一直跟着曹振明探长出去进行走访。直到一个多星期以后，突然传来消息，嫌疑人被抓获了。虽然不是我们亲自抓获的，但总算是把这个城市的隐患给排除了。我心里特别高兴，尤其是我觉得这几天收获特别大，自己又学到了真本事。后来我跟师父聊天才知道，曹振明工作一直都这样细致，当年他参与调查一起重大案件的时候，就是因为他做的一份简单的询问材料，最后固定了嫌疑人犯罪的证据，他还因此获得了个人一等功。听到这里，我不仅对他敬佩有加，还觉得自己真是幸运。

不过，有意思的是，几年以后曹振明探长当了副队长，我把他这次教给我的本事充分发挥了一次，他却大发脾气，不过当然不是对我了。那是后话了。

9 除旧迎新

转眼间，我来刑警队上班的第一个春节就要到了。今年我们队春节期间值班正好赶上腊月二十九，再值班的时候就是大年初三了。对此，我们几个新来的都很开心。正当大家聊得高兴的时候，从旁边走过的张旭冬看了我们一眼，说道："你们挺乐观啊，怎么着？三十晚上还想回家过呢？在单位过多有意思啊，初一再回家吧。"

我们几个当时不太明白他的意思，直到三十当天，我们才明白是怎么回事。原来，对于春节，我们刑警有刑警自己的过法。三十一大早，队里的人开始忙碌起来，大家一起对办公室和宿舍进行布置。春节就是这样的节日，全国不管什么地方，一到这一天，大家都高兴得不行。这下队里的内勤思思姐成了"领导"，一会儿安排这个扫屋子，一会儿安排那个擦桌子。总之，一帮老爷们儿现在都要听这位姐姐的指挥了。忙活了大半天，一直阳刚气十足的办公室和宿舍，还真增添了不少年味儿。

这时候，李队说话了，他让姜劲东和张剑带着我一起去胡同外边的一家沸腾鱼乡水煮鱼餐厅点菜。路上，我问姜劲东："队里这是要聚餐吗？"

"对啊，咱们每年三十都是这么过的，这顿饭队长请客，等会儿别给老李省钱啊，想吃啥就点啥，啥贵点啥。晚上记得给老李和你师父敬酒啊。"

"啊？晚上咱们还能喝酒啊？"

"对啊，今天不是咱们队值班，别的单位下午基本上就都回家过年了。而咱们刑警的规矩是，所有人都要留下来陪着值班的一起过年，当天值班的队跟第二天接班的队当然不能喝了，但剩下两个队的人可以适当喝点，只是，不能喝大酒啊。这就是咱们刑警的特色，我们不仅是同事，还是战友。同吃、同住、同战斗嘛，不然的话，你能放心地把后背交给他们啊？晚上你就知道了，热闹着呢。"我们一路上说说闹闹，给冷冷清清的胡同增加了很多欢笑。

晚上，天刚刚黑下来的时候，餐厅的饭菜就送到了。队里最大的几张桌子已经被我们拼在了一起，全队的人都围坐在桌子旁。在我印象中，全队还没有这么放松的时候。

李队开始讲话："说两句啊，一年了，都辛苦了。咱们还是老规矩，一起过年。今年呢，咱们队又来了三个小的，干得都不错，也值得庆祝一下。今天咱们队不值班，等会儿要开车回家的不能喝酒，其他人都把酒给倒上啊。我先敬大家一杯。"说着李队把自己酒杯中的白酒一饮而尽。

这一杯酒一下去，大家就开始互相敬酒，互相调侃。老沈穿着一件花花大毛衣，已经跟老张开始说相声了，这二位一出场，整个气氛一下就活跃起来了。正当大家你一句我一句的时候，隔壁孙一兵队十几号人都来集体敬酒了，又是一拨混战，就连平时打交道比较少的同志，这个时候也一下子觉得特别亲。大家就这么三个一群五个一伙地来回串：你来我这儿坐会儿，吃点喝点；我跑你那儿坐会儿，聊会儿闹会儿。那感觉真的像一家人一样。

转眼间就要到12点了，吴支队组织大家一起出动，一帮人集体跑到环路外的空场地放鞭炮。看着漫天的烟花，听着爆竹声，我突然觉得冬天也没有那么冷了，因为有我们这些火热的人、火热的刑警。看着身边的战友，想着平时的画面，突然觉得我们就像空中那光亮，照亮了黑暗冰冷的黑夜！

短暂的春节很快就过去了。正常来说，春节应该是我们刑警一年中最清闲的一段时光。当然，这也要看是谁负责值班的，按我们的行话说就是，要看值班的人是否能镇得住。比如我们的王肖王探长，他就属于镇不住那一类。他带班值班的时候，队里总是遇见大要案，尤其是命案。五一劳动节的时候能遇见大案，十一国庆节的时候也能遇见大案，就连春节也不例外……所以，队里同事总是开玩笑说，赶上王探长带班的时候，大家凑钱让他休息，因为大家宁可破点财也都想轻松点。

果然，果不其然，念念不忘，必有回响。这天还没过正月十五，我们队值班，王探长负责带班，大家正在屋子里忙活着准备煮饺子，水都已经开了，正要下饺子，突然李队长走进办公室问道："都在吗？赶紧拿东西出现场。"

王探长问道："老李，咱们去几个人？"

"全去！"李队长边出门边回答。

"啥现场啊？全队都出动？"

远处传来一个声音："疑似爆炸。"

听老李这么一说，老张连忙放下手中要下的饺子，望着老王说道："我说老王啊，要不你还是申请提前退休吧？这大过年的，你弄这么大动静，这不是连累我们吗？"

"莫事、莫事，老李不是讲了嘛，疑似、疑似啊，我的同志。紧张什么呢。"

等到了院子里我们才发现，何止是我们队，另外三个队的人已在发动汽车了。我心里暗自琢磨，看这个阵势，这下估计有的忙了。我跟刚刚出来的姜威互相看了一眼，飞快地上了车。

到了现场，大家才都明白，原来我们辖区的一家餐厅内发生了爆炸，目前还无法确定是意外事件还是刑事案件。整个餐厅的后厨基本上都被炸毁了，我们支队搞技术的人、治安处负责防爆的和消防的人，已经在第一时间到现场取证和排查了。目前，现场并没有人员伤亡。

会议室里，吴支队亲自坐镇指挥，他先给大家通报了排爆、刑侦技术人员和消防人员在现场勘查的情况。他说道："目前相关人员已经清理并检查了现场，排除了再次爆炸的可能，初步确定是后厨操作间的煤气罐发生了爆炸。根据现场勘查的情况来看，人为爆炸的可能性相对较小。目前，我们需要做的事情就是要对餐厅的所有服务员和餐厅老板进行深入的询问，倒班休息不在岗的，立即让餐厅老板联系，让他们回来接受询问。大家分三组行动：一组立即调取餐厅和餐厅周边所有的监控视频，进行甄别；第二组详细了解餐厅的日常管理是否存在安全隐患或者管理漏洞；第三组负责确认餐厅老板或者服务人员是否和别人有经济纠纷或有被寻仇的可能。大家务必详细询问，任何相关人员和细节都不能漏。第一轮询问结束后，大家立即开碰头会，互相通报情况。"

因为有过前面被撕材料和参加专案工作的经历，对于询问材料，现在的我比任何人都更加重视。我询问的第一个人是这个饭店的普通服务员，我按照专案级别的水准，给她做了一份七页纸的询问材料；第二个接受询问的人是这个餐厅的后厨人员，对于他的材料，我在之前的基础上又增加了有关后厨的煤气管理方面的一系列问题。做这两份材料，我整整用了五个多小时。等我走进临时会议室的时候，发现自己是最后一个到场的。

看见我进来，吴支队开始让大家汇报自己询问汇总的情况。我全神贯注地听大家说，看其问题跟我材料里问到的是不是有什么关联。最先汇报的是负责调查餐厅和周边监控录像的那一组人，他们把从昨天到今天案发前后的视频都认真地看了，并没发现有可疑人员进入过餐厅的后厨。接着，其他组开始汇报对餐厅服务人员和老板本人的询问情况，结果发现他们都没有卷入任何经济纠纷，也没有任何仇人，最近也没收到任何恐吓信息。

吴支队的表情越来越凝重，突然他很生气地问道："你们是不是第一天当刑警？还是因为我说从目前现场勘查的情况看，人为爆炸的可能性相对较小，你们就开始糊弄人了？你们这一个个问的都是什么啊？动脑子了吗？这是疑似爆炸案的现场啊，我的各位同志啊！我拜托你们认真点！我刚才怎么跟你们说的？你们不明白'详细'的意思吗？这样的现场，你给我做三四页纸的材料？"说着吴支队看了看我，问道："你是最后一个进来的，你的材料做了几页啊？"

我赶紧站起来回答道："一个服务员的七页纸，后厨一个厨师的九页纸。"

吴支队说道："行，那你汇报一下，你都问什么了。"

于是，我赶紧把我问的情况进行了汇报。汇报的时候，我也不知道自己问的材料行不行。除去基本的问题，我甚至还问了服务员是否有男朋友、男朋友是否愿意她在这家餐厅做服务员、餐厅里是否还有别的男服务员追求她、她在这里做服务员期间是否有客人因为就餐问题跟餐厅发生过矛盾、餐厅服务员之间的关系如何、老板对他们怎么样，以及后厨的煤气罐是谁负责采买的、多长时间需要更换、上次更换的时间……总之，能力之内能想到的问题我都问了。一口气汇报完以后，我才抬头看吴支队。

他没有任何表情，只问了我一句："刚才他们的汇报你也听了，再加上你自己问的，你觉得这个案子是不是人为造成的刑事案件啊？"

我看大家都注视着我，忙回答道："因为没有证据，我还不能确定。如果只从大家的询问情况来分析的话，我个人认为人为作案的可能性不大，因为：第一，从监控录像看，没有可疑人员进入过后厨；

第二，餐厅的所有人员都没有和外边的社会人员因仇结怨的情况；第三，餐厅老板也没有陷入经济纠纷或受到恐吓。至于具体情况，还需要消防部门和治安防爆部门给予专业报告。"

听到这里，吴支队的脸色才有所缓和，对着大家说道："看看人家这刚当警察的，我跟你们说，要不是因为他的汇报，我就让你们都回去重新给我做材料。我请你们记住，任何现场都要认真对待，没到最终确定不是刑事案件的那一刻，你们就不能放松，不能主观武断。"

最后，消防部门出具了详细的专业报告，此次事件确实是因为后厨购买的煤气罐出现问题引起的爆炸，不构成刑事案件。至于后面的事情，也就不归我们管了。

经过这件事情，我发现主管我们的副支队老吴盯上了我。

因为我们这些年轻人一般都住在单位，所以我们的业余生活基本上都很单调。出现场或者抓人，都没有明确的时间，再加上刚刚参加工作，挣的钱也不多，这就决定了我们这些人很少有正式、像样的社交活动，业余生活基本上就是到门口胡同里的一家网吧玩游戏。

当时最火的游戏就是CS，还有2005年出的游戏"魔兽世界"。不管多晚回到单位，只要忙完手里的工作，我们第一时间就会直奔网吧，再打电话给旁边的一家清真饭馆，订上一份酸辣土豆丝炒饭加两个荷包蛋，外加一瓶饮料和一盒烟。这基本上就是我们这些人的标配。这就造成了我们经常不到夜里2点多绝对不收兵的情况，伴随而来的就是每天早晨总是赶着上班时间再匆匆忙忙起来洗漱。直到吴支队把我的宿舍换到他宿舍旁边，这样的生活才开始发生改变。

10　　　　　　　　　　　　　　　　　　　两个老千

这天上班时,李队长突然找我,笑着跟我说:"给你换个单间宿舍怎么样啊?"

我一下子没有明白:"给我换单间?啥意思啊?我跟大家住一起挺好的啊。我不想搬……"

"你还不想搬?这是组织上照顾你。你不是总不回家吗?你回头搬到白哥那个屋子里,住他的上铺。白哥家离得近,除去值班的时候他都不在,这间宿舍就归你一个人使用了。"

我正想再跟李队长商量商量,没想到换来的就一句——

"今天就搬!"

我一边收拾东西准备搬家换宿舍,一边还有点不知所措,摸不着头脑。第二天一早7点多的时候,答案就揭晓了。我正在呼呼大睡,突然听到有人敲我新宿舍的门。当然,昨天夜里我照旧去了网吧,所以还没有睡醒,习惯性没好气地问了一句:"谁啊?"

"几点了,赶紧起来洗漱。"竟然是吴支队的声音。

我瞬间不困了,马上下床开门。吴支队拿着个脸盆站在门口,看见我开门了,说道:"赶紧洗漱去。"

我大气都不敢喘,把衣服稀里糊涂地往身上一套,就拿着脸盆跟着去洗漱了。接下来的一个多月都是这样,我也逐渐适应了。

这一天,我们队接了一个系列盗窃案,李队长让我主审。面对几十起案件指纹比对一致的结果,嫌疑人竟然矢口否认,本来我以为应该很顺利的一次讯问竟然变成了拉锯战。我讯问的音调越来越高，甚至爆出了脏话。正在这时，门突然开了，吴支队出现在门口。我先是一惊，心中暗想可能要挨骂了。

果然，吴支队将我叫出门，但意外的是，我并没有挨骂。相反，他和颜悦色地对我说："讯问要讲究技巧，你是警察，你着急干吗？着急的应该是他，稳住了，气势要有，但是不能急。他又跑不了，证据这么扎实，你怕什么啊？进去慢慢问吧。"

当我转身准备进去再次进行讯问的时候，发现地上七七八八躺着好几个刚刚抽过的烟头儿。看着吴支队离开的背影，我似乎明白了什么。再次交锋时，我冷静了很多，面对证据，嫌疑人的心理防线随着时间的推移一点点瓦解了，我也最终顺利地完成了审讯任务，让嫌疑人认罪伏法。

渐渐地，我去网吧的频率和时间变得有所控制了，每天也不再用吴支队叫我起床了。

这天，我突然被李队叫到办公室。原来我们辖区内的一个派出所接到报案，两名受害者报案称在一家麻将馆被三名嫌疑人殴打，并且两人的手都被嫌疑人用锤子砸成了粉碎性骨折。目前两名受害者正在医院进行治疗，经法医初步鉴定，已经构成重伤。派出所的民警已第一时间赶往涉案的麻将馆，但是并没有找到当时殴打被害人的嫌疑人。因为构成了严重伤害，所以派出所就将案件上报给了刑警队。

李队将两名被害人的笔录拿给我看。我看了以后觉得有点奇怪，因为两名被害人的笔录中都没有详细说明他们被打的原因，只称因为玩牌时一桌上的另外两个人输不起，于是发生了争执，后来又出现了一个拉偏架的人，一起对他们进行了殴打。至于其他的细节，受害者交代得也不清楚，尤其是报案时间，他们是被打后第三天才到派出所报案的。对于这个问题，他们的解释是，他们先去医院进行了简单的治疗，之后才想起要报案。

李队问我："看完材料以后有什么感觉？"

我不假思索地回答道："他们没有说实话。"

李队说："那你给分析分析，说说为什么？"

我说道："第一，他们的报案时间就交代不过去，就算当时伤得比较重，他们先去医院做了手术，那么手术后第二天他们就应该报案啊。第二，如果只是因为在麻将馆打牌赢了对方两千多块钱，对方没有理由下这么重的手。另外，根据派出所民警后来去麻将馆了解的情况，现在那个麻将馆已经关门了。这就不合理了，玩牌的人打架，麻将馆为什么要关门？而且，麻将馆的人和当时其他玩牌的人为什么没有报警？第三，受害者说打他们的人有三个，那么另外一个没玩牌的人为什么要帮那两个人，还一起下这么重的手呢？所以，这两个人肯定没有说实话。这里面有故事。对了，李队，派出所的人找到麻将馆的老板了吗？他怎么说啊？"

李队点点头，说道："行，你看得还算明白，那这个案子就交给你了。你回头叫上沈炼、旭冬和张剑，你们一组，把这个案子给我拿下来。麻将馆那边，派出所已经查了一遍了，老板外号叫瘸子，之前犯过重罪，因伤害罪进去了八年。现在人不在家，媳妇早就跟他离婚了，孩子也不跟他过，和他一起的只有一个老妈。现在，他跟他妈都不知道去哪儿了。你们接着找吧，肯定跟他有关系。另外，你们先去医院好好问问那两名受害者，他们不说实话，咱们弄不明白。"

我回到小办公室时，正赶上张剑跟沈炼在逗咳嗽。

张剑非说沈炼今天穿的花衬衫不是他自己的，正在逼问："昨天到底去了哪里？是不是把女朋友的衣服给穿来了？"

沈炼还是慢条斯理的，也不着急争辩，掏出包里的烟斗，填上烟丝，递给张剑："尝尝吧，新买的，巧克力味儿的。"

张剑看沈炼不接话，又来劲儿了，说道："你说你吧，穿得跟个娘们儿一样，抽个烟还抽巧克力味儿的，这不是更娘们儿了？"

沈炼笑着说："你个粗人，怎么那么没品位呢？你说你买个牙刷，天天就知道刷你的车，得空儿也刷刷牙，没人跟你说你嘴里有味儿啊？"

张剑起身就要动武，我赶紧走过去从中调和。

"来来来，二位哥，李队刚才给了我一个案子，我看了材料觉得有点蹊跷，你们二位老刑警给掌掌眼吧。"我说着把材料拿给了他们。

果然，争议搁置了，两个人一人一份材料，认真地看了起来。

张剑先说话了："这肯定是有仇啊。那个瘸子肯定参与了，要不跑什么啊？直接把他抓回来，一问就明白了。"

沈炼眼皮都没抬，说道："没您不明白的，傻子都能看出来，还用你分析啊。人要是那么容易抓，人家派出所能把案子报给咱们吗？"

张剑回道："哟哟哟，瞧你那一副好为人师的样子，在小的面前装专业是吧？也对，您老人家是从总队下来的，那经验自然是多的，您来，您来。看看您有什么高招。"他一边说一边抢过沈炼手中的烟斗，独自抽了起来。

我赶紧接话："沈哥，您的意思呢？"

沈炼并不理会老张，接着说："我觉得吧，咱们也分两组：一组呢，去医院再好好问问那两个受害人，看看他们到底在怕什么，为什么不说实话；另一组去摸瘸子的社会关系，看看这孙子还在不在京海。这家伙带着老妈，跑路不太现实。另外，找两张瘸子的照片，带着一起去医院，做个辨认笔录，确定他是不是参与殴打了。如果能确定第三个嫌疑人就是他，那咱们下一步的工作就更加明确了。"

"好，沈哥说得对。"

张剑瞅瞅我，说道："你说你啊，小小年纪学什么不好，还学会拍马屁了。我告诉你啊，我可不跟他一组，就他那个打扮，我出去嫌丢人。你把旭冬叫来，我带旭冬，你跟你沈哥一组吧，好好拍他，使劲拍。"

这对活宝总是能让我们的工作充满欢乐。

于是，我跟沈炼一组去医院再次询问受害人，张旭冬和张剑去查瘸子的社会关系。

到了医院，亮明身份说明来意后，值班大夫先给我们找来了两名受害人收治时的一些基本情况。两个人都是双手粉碎性骨折，以后就算治疗好出院，也基本上丧失了劳动能力。除去这些严重的伤，两人身上别的地方基本上没有受伤。看着这些，我脑中不禁有了疑问：为什么两个人都是双手被砸成了粉碎性骨折呢？难道……

正想着，旁边的沈炼推了推我，说道："走吧，咱们去会会这两位吧，看看这是有多大仇啊，咋就让人把他们的双手给废了啊？"

我看了看沈炼，问道："怎么着，沈哥？你也觉得有问题吧？"

"肯定有问题啊，不然的话，两位受伤的部位怎么会完全一样？这绝对是精准打击，既然精准，必有原因。"

听了沈炼的话，我心中已经想到了如何发问。

这两个人被安排在同一个房间接受治疗，得知我们是刑警之后，他们表现得非常客气。这种客气让我觉得，他们跟一般的受害人不太一样，感觉他们之前应该跟警察打过交道。

因为要对每个受害人单独进行询问，我让医生先带其中一个身材比较高大的去另外的房间等候。等房间中只剩下我、沈炼，还有另外那个身材矮小、40多岁的男子后，我先问了一些他的基本情况，他倒是回答得很从容。这也难怪，事情已经发生几天了，估计什么该说、什么不该说，他心里跟明镜一样。

问了一会儿，我突然说道："你是不是以前跟警察打过交道啊？"

对方一愣，回问道："这跟我们这事儿有什么关系吗？"

"你说呢？我再强调一下，虽然你是受害者，但你必须跟我们说实话，懂吗？开始做笔录的时候，我已跟你说清楚了，如果隐瞒事实真相，先别说你挨打的事儿，你自己可就违法了，明白吗？"

中年男子开始沉默了……

我继续说道："知道为什么这几天我们没找你吗？知道为什么不是派出所的来找你吗？你自己想想，现在这个社会，还有警察弄不明白的吗？你说你们因为赢了人家2000块钱就被打成这样，警察能信吗？你自己都不信吧？"

沈炼站起来接着说道："挺大岁数的了，也算见过世面了，我看你们也不像第一次跟警察打交道，非让我们一点点地给你捅破才有意思吗？再说了，您都这样了，实话实说不就完了吗？谁的错谁承担，对不对啊？"

男子看了看自己的双手，又看了看我们，咬着牙说道："是，我们是耍'手艺'了，那也不能这么狠啊？这是断我们以后的生计啊。"

我跟沈炼对视一眼，看来我们想到一块儿了。

原来，这两个人都曾因为赌博被处理过，算是搭档。两个人一直都是靠打配合出老千生活的，没有固定职业，长年在全国各地到处转，专门去那些稍微大一点的麻将馆自己找局，基本上都是流窜状态，不在一个地方长待。之前也有过被发现的情况，但是基本上就是赔点钱，挨顿打，就完事了。他们没有想到，这次这个麻将馆里真有人好赌而且有钱，所以两个人已经连续在这里赢了好几天，一时起了贪念，还舍不得走。

头几天，输钱的人肯定不明白是怎么回事，但这个社会谁能比谁傻多少，天天输钱还输给同样两个人，就算脑子转得再慢，迟早也能明白过来。来麻将馆玩牌的人大部分都是普通老百姓，自然也不愿意招惹是非，于是他们就找到了麻将馆的老板瘸子，大家都知道瘸子也是个社会人儿。

"我们在您的地方让人给做局了，多没面儿啊。您自己看着办吧。"输钱的人就给瘸子留下这么一句话。瘸子一听就急了，他本来就是个横主儿，第二天直接将两人当场拿下，拉到麻将馆的一间房间里，将两个人的双手废了。

这要是搁到以前，这二位也就不报警了，毕竟从前就有过挨揍的经历。可是这回伤得太重了，尤其是医院的检查结果一出来，说他们基本上会丧失劳动能力，两个人实在是忍不下这口气，才选择报案。根据两个受害人的询问笔录，我们基本上确定了那个外号叫瘸子的麻将馆老板就是用锤子砸他们双手的人。情况明朗，剩下的事情就是抓瘸子了。

回到单位，快到下班的时候，张剑他们才回来。根据他们摸到的情况看，瘸子之前出狱后先去学了厨技，在饭店当过几年厨子，后来攒了点钱才开的这个麻将馆。他没有什么朋友，因为他坐过牢，所以亲戚之间也很少来往。他家邻居反映，案发后他母亲就被瘸子接走了。而且邻居都说，瘸子这个人虽然平时挺凶的，但是对他老妈确实很孝顺。

我听到这儿就问张剑："张哥，那你觉得瘸子犯事儿，他妈知道吗？"

张剑说："我觉得他应该不会跟他老妈说吧。老太太七十多了，知道了就不会跟他走了。"

最后，大家分析，现在这个麻将馆既然已经关了，瘸子又不能跟他妈交代实情，那他很有可能要找一份工作来掩饰他犯事儿的事实。他没有别的手艺，很有可能重操旧业，又去哪个饭店当厨子。不过，他不可能去特别大的饭店打工，因为大饭店不仅筛查严格，对厨艺要求也高。所以，他最有可能通过关系去朋友的饭店工作。于是，接下来一段时间，我们开始对瘸子的社会关系进行深入的调查。

我们几乎找遍了他的社会关系，发现他的交际圈内并没有人开饭店。但是，他有个朋友反映，前段时间瘸子和他联系过，是通过一个座机号联系的。瘸子托他问问那个麻将馆的情况，看是不是有警察去找过他。他朋友问他为什么，他说他在麻将馆跟人打架了，但没说具体情况。他朋友问他现在在哪儿，他说在航天桥那边，并没说具体地点。

通过那个座机号码，我们很快就锁定了航天桥附近的一个公用电话。观察完周边的环境，我们初步分析，瘸子应该就在这个公用电话周边区域活动，不会太远。于是，接下来的几天，我们联合属地派出所，以规范员工办理暂住证的方法，开始对周边区域的中小饭馆和餐厅进行摸排。

果不其然，三天以后，新情况报过来了。派出所管界民警在走访一家小面馆时了解到，前段时间他们刚刚招聘了一个厨师，而且这个人不计较工资，唯一的要求就是能带着他母亲，给提供住的地方就行。老板见他孝顺，也不容易，就答应了。但是，由于宿舍位置有限，老板同意他们在饭店下班以后先在大堂里搭两个简易的单人床住一段时间，等饭店宿舍有地方了再安排。他这段时间就和母亲住在饭店，白天他上班，他母亲就在大堂里待着，平时基本上也不出去。其体貌特征跟我们要找的瘸子很像，但为了不打草惊蛇，派出所民警还没有直接找他。

在饭店门口，沈炼、张剑、张旭冬和我四个人开始商量如何进去抓捕嫌疑人。沈炼跟张剑介绍了刚刚他们在饭店里面了解的基本情况和后厨的位置。

我问道："嫌疑人目前很有可能就在这家饭店后厨，咱们怎么抓啊？"

沈炼说："我的意见是，我们先在周边进行蹲守，等中午饭点过去，嫌疑人休息的时候实施抓捕。"

张剑也这么认为，他觉得这样可能更稳妥一些，如果抓捕的时候后厨和饭店吃饭的人多，可能会有什么意外。

我和张旭冬则表示反对，可能是因为我们两个比他们年轻，都更心急些。

我抽了口烟，说道："咱们找瘸子可有段时间了，他不到位的话，其他都白搭，我觉得早早把这个人给抓了，我这心里才踏实。"

张剑说："我跟老沈刚才进去了，再进去万一让他看见了怎么办啊？我也着急抓他，你有什么招儿？"

我笑了笑，摸了摸自己今天早上刚理的毛寸，回答道："我已经想好办法了，他之前不是联系那个朋友打听他麻将馆的情况吗，我就说是那个朋友让我来给他带话的。"

我刚说完，其他人都表示反对，说这个不现实，因为他并没有跟他朋友说在这儿上班，我这么说他不会信的。

"放心吧，我心里有数。"说完，我将上衣脱了搭在自己的肩膀上，点了一根烟，故意歪叼着烟嘴儿，眯着眼看着大家，懒懒地说了一句，"哥几个等我啊。沈哥，您在后面看着点，旭冬跟张哥，你们就前门了。"

没等他们反应过来，我已经径直走进了饭店。服务员问我："几位？"

"我找人。"我一边回答，一边向沈炼他们说的后厨走去。

服务员在我后边追着说道："先生，后厨是不能进的。"

我一边抽烟，一边转过身瞪了她一眼。

服务员不再说话了。

因为饭店不大，所以后厨其实跟大堂很近，只有一个门帘做隔断。我挑开门帘，探进去半个身子，赶紧寻找瘸子。里面只有三个人，一个人在炒菜，一个人在切菜，还有一个正在收拾盘子。我一眼就认出了拿着菜刀正在切菜的瘸子，心里暗想"可让我找到你了"。

没等里面的人发现我，我就大声叫出了瘸子的大名。里面的人都抬头看我，瘸子更是停下了手里的活儿，攥紧菜刀看着我。

我继续说道："老刘让我来找你，给你带个话。这个费劲儿啊，都什么时代了，你也不买个手机。我都找了好几家饭馆了。"说完，我一边抽烟，一边看着他。

他没有搭话，就那么看着我。

我先是转身放下帘子出去，听动静他好像并没有跟着我出来。我又转身进去说道："怎么着？就在这儿说啊，你忘了你让他给你打听的事儿了？不愿意听算了，这里面烟熏火燎的，我可待不住。"

他又看了看我，才慢慢地向我走过来，但我注意到他并没有放下手中的菜刀。此时，我在脑海中飞快地想着，怎么才能让他把手里的刀放下。就在这时，我注意到餐厅大堂的一角有一个老太太，坐在角落里，并没有吃饭的意思。我心中暗想，这可能就是瘸子的母亲，于是心中有了想法。

瘸子这时候已经走到我的身后，手里仍旧紧紧地握着那把菜刀。我不等他反应，抢步上前一手搂住他，一手攥住他拿菜刀的手，对他说道："别动，刑警队的。"

我明显感觉到他全身都开始较劲儿了，于是继续对他说："你妈也在店里呢，老爷们儿别让你妈为你着急，我让你体面地走出去，我能找着你，你就跑不了，明白吗？"

他瞪着我的眼神慢慢地缓和下来，他看了一眼老太太，对我说道："能出去再上铐子吗？"

我说："可以。"

我慢慢地拿下他手中的菜刀。我就这么搂着他一起向外走，快到门口的时候，我拍了拍他说："要不要跟老太太说句话？"

瘸子朝他妈喊了一句:"我跟朋友出去一下啊,等会儿就回来。"没等老太太回话,我们就走出了饭店。

张剑跟张旭冬赶紧上前就要上铐子,我给拦下来了,说道:"上车再说吧。"

沈炼从饭店后门赶回来,我们一起开车往单位走。在路上,我跟瘸子说:"行,没想到,你还真孝顺。这犯了事儿跑路都还带着老娘,你说你别犯法多好啊。既然是孝子,那咱们也别兜圈子了。我们既然找着你了,你就躲不了,利利索索地说完就完了,还能早点回来尽尽孝呢,行吗?"

瘸子苦笑了一声,说道:"其实吧,我也想到了,就盼着那两个孙子别报案,因为只要报案你们就能找到我。这我都明白。您放心,咱们有什么说什么,这么大岁数的人了,再折腾就没劲儿了。提心吊胆的日子,我他妈也不想过了。"

果然,到了单位,没费事儿,瘸子一五一十地把事情的经过说得很明白。那两个受害者也不是什么正经人,从前段时间开始,他们天天在瘸子的麻将馆耍手艺出老千,在那里赢了很多老顾客不少钱。开始几天,已经有人跟他说了这事儿,瘸子心里琢磨着,这两个人赢了几天应该见好就收了,自己出来没几年,好不容易开个麻将馆,也不想惹事上身。可这两个老千还真就有点不知好歹,拿他这儿当根据地了,这不就是要砸他的牌子吗?一时气愤,他就找了两个狱友来帮忙。这不,出事儿那天,那两个人出老千的时候直接被抓了一个现形,话赶话的,他一下就没忍住暴脾气,下了重手。打完人,他觉得出手重了,但是转身一想,那两个人可能也不敢报案,所以就暂时关掉了麻将馆。因为带着老娘不方便,他就没往远处跑。最后,他把参与案件的另外两个人的情况也都交代了。剩下的事情就交给派出所了。

等把人送到看守所回来以后,我去找李队汇报,心里琢磨着李队长肯定会表扬我。

敲门进去后,我直接就问:"李队,这个案子我办得还行吧?"

李队不紧不慢地点上一根烟,拿起水杯,看着我说道:"行啊,案子办得不错,翅膀硬了,现在一个人就敢上去抓人呢。"

我还当好话听,笑着说道:"小案子,不算什么。"

李队瞪了我一眼,说道:"你是不是以为我在夸你呢?你本事这么大,以后再接案子你就自己办吧,你能力这么强,是吧?"

见话锋不对,我赶紧收起笑容:"我不是那个意思……"

李队继续说:"不是什么啊?胆大后面还有心细呢,知道吗?你们四个人一起办案,他们哪个不比你经验丰富啊,就显你呢?我告诉你啊,这是没出事,要是万一有事,你让你们探组其他人怎么交代啊?你让我怎么交代啊?"

"我错了,李队……我以后……"我低下了头。

李队说:"行了,你也别说了,有话跟你那哥儿几个好好聊聊吧。我告诉你,想逞英雄就别干刑警,刑警队不培养英雄!"

李队的这番话是那么熟悉,与我在派出所实习的时候郭师父对我说的如出一辙。虽然我没有忘记,但干了快两年刑警以后,记忆逐渐变得模糊了,我觉得现在的自己已经跟那时候不一样了。这回听到李队长这样说,我像被再次敲响了警钟,深刻意识到我们做警察的一定要学会依靠战友,不能逞个人英雄主义。尤其是刑警,讲究的就是团队意识,所以虽然面对的都是穷凶极恶的歹徒,但与其他警种相比,刑警的伤亡率其实是最低的。这就是因为刑警的身后有战友,他们敢于把自己的后背交给战友。这是一种信任,一种默契,一种部队和警察才有的精神。

这件事以后,我对李队的称呼改成了老李,也觉得自己好像有点成熟了。谁知道呢,也许吧……

11　　　　　　　　　　　　　　　　　　　　一个老贼

　　这天早晨，队里刚刚开完会，老李给各个探组分配了任务。本来我跟姜威要一起出去查一个线索，刚刚领完车准备出门时，李队长就把我们叫住了。原来，辖区内一个派出所昨天下午抓获了一名盗窃嫌疑人，这名男子正在一住户家门口准备实施盗窃时被邻居发现，邻居及时叫来了物业部门的保安，将男子堵在了楼道里。派出所出警以后将其抓获，已经审了很长时间，由于现场只有撬锁工具，所以该男子只承认自己想进去盗窃，但还没实施就被警察抓获了，剩下的事情什么都不交代。但是，派出所民警觉得，这个人应该还有其他犯罪行为，所以希望我们能去帮助进行讯问。

　　听到这里，我跟老李说："今天我们已经约好了要去查一个线索，那边也在等着威子和我呢……"

　　"那就让威子等会儿把你送过去，你先配合派出所进行审讯，姜威该忙什么忙什么去。"老李也觉得那名盗窃嫌疑人身上肯定有事，交代我如果问出点眉目，就给他电话，他再找别人去支援我。他强调说："最近咱们辖区里入室盗窃案件高发，现场都出了好几个，既然现在有这个线索了，那肯定不能就这么放了。"

　　到了派出所，副所长先给我介绍了情况。这名盗窃嫌疑人的身份信息已经都核对过了，之前确实有过三次盗窃的前科，但他拒不交代其在京海的暂住地，就说自己每天都住在网吧和洗浴中心，没有正式工作，这次就是想偷没有偷成，至于怎么定罪，随警察的便。

听到这儿我已经明白了,这是一个有经验的老贼,警察已经掌握的证据,他也不能赖,只说这次就是盗窃未遂。他很明白单单凭借这一点,最终结果不会太严重。我又认真看了之前派出所民警给他做的笔录,确实没什么有价值的线索,于是跟副所长说先带我去见见他。

走进审讯室,只见一个40多岁、身材不高的男子正趴卧在审讯室的椅子上犯困。一看他那个状态,我心里就已知道这个人不好对付。尤其他已经被抓进来一段时间了,至于什么该说、什么不该说,他心里早已下定决心了。

我走过去,用手敲了敲椅子,他慢慢抬起头看了看我。我很随意地说:"醒醒吧,回头进了看守所再好好睡。我呢,不是咱们派出所的,是分局刑警队的。看把你给困的,接着睡还是吃点东西啊?"

当他听到"刑警"两个字,好像一下有点清醒了。他慢慢回答道:"就我这点小事,刑警还管啊?"

"行啊,看来没少跟警察打交道啊,还知道什么事情该归谁管呢?那你觉得刑警管什么事啊?"

他接着说道:"反正应该不管我这个事吧……"

"你什么事啊?你都没说清楚啊。你好好说说,看看我能管吗?"我一边说一边走向审讯桌子后边的椅子,认真地看着他。

他半低着头,继续说道:"我这不都说了嘛,就是想偷点东西没偷成,我都说了好几遍了。不信您问问您旁边那位警官。我认了,你们该怎么处理就怎么处理好了。"

我直视着他说道:"你不是都进去三回了吗?改造不好你啊,而且我看你原来的记录,这十几年你在外面的时候不多啊,在里面就学了这个?真够没长进的。你说,我要是就为了你这次没有偷成跑过来,我至于吗?看过电视吧,刑警是干吗的,大概你也有印象吧,你觉得这么糊弄能糊弄过去吗?我呀,到门口抽根烟,给你点时间。你呢，也再好好重新组织一下语言，看看你能不能把我也糊弄了。就这一关了啊，我要是信了你，就没啥事了，听见了吗？但是，你也给我想清楚，刑警好不好糊弄。"

他正要继续解释。我马上拦住了："先别说，我等会儿就回来，然后你再好好给我编故事啊，别着急。"说完我就走出了审讯室。

我一边抽烟一边问副所长："这个人带回来以后搜身了吗？"

副所长点点头说："搜身了。"

我继续问道："有什么特别的发现吗？"

"没有啊，好像身上只有几百块钱、半盒烟、身份证和一串钥匙。"

"钥匙？"我心里突然一动，"赶紧带我去看看他的随身物品。"

到了物品扣押室，我打开装着盗窃嫌疑人随身物品的信封，慢慢地翻看那些东西，尤其是那串钥匙。这一串钥匙各式各样，中间还有一把捷达车的车钥匙。

我转过身问副所长："这串钥匙，你们问他了吗？他不是在京海没有暂住地吗？那这都是什么地方的钥匙？"

副所长回答道："问了，他说这些钥匙是他找人配的，为了偷东西用的。他说那把捷达车的钥匙也是为了以后偷开汽车后备厢用的，不承认偷过汽车。就是因为这个，我们才觉得这孙子身上的案子肯定少不了，可他就是不说实话。"

我认真地看了看这些钥匙的磨损程度，又问了这次盗窃未遂案所在小区的位置，心里大概有了方向，就对副所长说道："现在有两件事要办。第一呢，你赶紧安排人去案发现场周边，看看有没有捷达车，用这把钥匙试着开一开。"

副所长疑惑地看着我说道："你的意思是，他还有作案车辆，留在了案发现场周边？"

"现在还说不好，我总感觉可能有戏。"

"要是这样就好了，我这就安排人赶紧去找车。还有什么事？"

我接着说："第二，你安排人把最近三个月咱们区所有入室盗窃案的报案情况给我打印一份送过来。"

副所长"哎哟"了一声，说道："听你这意思，不会都是这个孙子干的吧？"

我回答道："那可不好说。这个人不简单，进了派出所还能这么冷静，身上肯定还有案子，等会儿看看吧。"

副所长答应后就去安排了。

我慢慢走回审讯室，边走边想该如何对付他。我透过玻璃看着里面那个人，他倒是很安静，仿佛也在认真思考什么问题。看着他认真的样子，我心里越来越坚定自己的想法。他越是冷静，就说明他心里越不平静。来吧，看看你有什么新鲜招数！

没一会儿，副所长回来了，手里拿着最近一段时间以来整个辖区的入室盗窃报案记录。我认真地看了看，这些案件的案发地都相对比较偏僻，丢失物品中不仅有现金，还有一些贵重物品。其中一些案件还有一个共同特征，就是很多被盗的事主都说不清具体的案发时间，因为他们大多数人都是在这些较偏远的地方购买的别墅，周一到周五很少回来住，基本上都是周末回来的时候才发现家中被盗。

看着这些资料，我很快梳理出两点：一是嫌疑人肯定有作案车辆，因为案发地距离市中心很远，交通并不便利，那么多贵重物品是没有办法徒手带走的；二是嫌疑人应该在案发地踩过点，基本上掌握了被盗事主的房屋使用时间，知道什么时间家中没有人。尤其是前天发生的一起盗窃案件，事主家中丢失了两箱茅台酒和五条中华香烟，而且案发地和昨天该男子作案的地点相距只有几千米。

我拿着手中的材料，做了个深呼吸，对副所长说："等会儿进去听我的啊，我不说话你也别说话，你所里的人要是找到了捷达车，你就当着我的面接电话，直接告诉我就行。"

他点点头。我推开门再一次走了进去，直接坐在椅子上继续看我手中的材料，副所长也安静地坐在我旁边。我一直没有抬头，但是我能感觉到那名男子一直在注视我，等着我问他，可我就是不说话。

大概过了半个多小时后，男子沉不住气了，问道："警察同志，您这到底是什么意思啊？如果还有什么想问的您就问，我肯定配合您。"

我抬起头看着他，笑着说："我没什么可问的啊，你都想好怎么骗我了，我问你干吗啊？"

男子红着脸说道："我没有骗您啊，我都说了，昨天是去偷东西了，可没有偷成啊……我真没有别的事情啊。"

我把手中的材料拿起来晃了晃，说道："你知道我刚才为什么看这个吗？"

男子摇了摇头，说道："我不知道您看什么呢。"

我把材料往桌子上一扔，说："我告诉你啊，我这是帮你算账呢，看看你干的这些案子啊，到底最后能判你几年。我就是算不好你这样的累犯最后能加重多少。"

男子似乎有点吃惊，连忙说："您别逗我，也别冤枉我，我就这一回，还啥也没有偷到，能判多久啊……"

看着他有点着急的样子，我这心里就更有底了，我继续说："你都开着车去偷了，还说没事呢？行行行，不承认没关系啊，我又没问你。"说完就又不再搭理他了。

"您别冤枉我啊，我没车，您说的是那个车钥匙吧，那是我找人配的，想偷开车后备厢用的……"

我打断他说道："别说了，我没问你，你就别说话。我们警察办案讲证据，你有没有车，偷了多少次，你心里清楚，我呢也明白。说那没用的干吗呢？你就踏实待着啊，坦白从宽的政策，我也不再给你重复了，你那么有经验，心里明白。"

他似乎还要继续解释，我瞪起眼睛看着他，他也就不再说话了。

我转过头问副所长："现在一瓶茅台多少钱啊？"

副所长回答："具体我还真不清楚，但是肯定便宜不了，怎么着也有七八百吧。咱们这工资也买不起茅台啊。"

"那软中华呢？一条也有五六百了吧？"

"你这什么意思？算什么呢？"

我笑笑说道："算账啊，光两箱茅台跟五条软中华得多少钱啊，我从小数学就不好，等我算一下啊……这就1万多了，这是特大盗窃啊，就这一起，至少三年起步啊。"我用手指点了点材料，"你看还有这一起，名人的字画啊，事主说这一幅画值十几万呢……"

我又把头转向男子问道："哎，你都进去好几次了，肯定特别了解量刑吧，你给我算算，这都应该判多少年啊？"

男子赶紧说道："警官，警官，您该不是想把这些案子算在我头上吧？我冤枉啊，不是我干的，您别吓唬我啊。"

"我说是你干的了吗？我就是让你帮我算算，你紧张什么啊？"

男子低下头开始沉默不语了。就在这个时候，副所长的电话响了，看着他激动的样子，我知道车应该是找到了。

副所长挂掉电话以后对我说："你说得对，还真有车，已经找到了，车里还有茅台酒和中华烟。"

我跟副所长说："让咱们所里同志注意，别动车里的任何东西，通知刑警技术队的赶紧过去好好检查一下。等技术人员把指纹什么的提取完了，再把车开回来。"

副所长起身，赶紧出去布置了。

"哎，可以啊，没少干啊，都买车了。这个本儿下得可以。"

男子没有抬头，回答道："我没车。"

"你没车？那你的钥匙为什么能打开车啊？睁眼说瞎话呢？"

"我不知道，反正我没有车，我的钥匙是在路边找人配的，别的我都不知道。"

"行，你不知道，你什么都不知道。等会儿把车开回来，一查车辆信息不全明白了吗？是你的还是你借的，警察都能查清楚，冤枉不了你。"

男子不再接话，我也不再继续往下问。我心里已经很清楚，他现在正在进行激烈的思想活动。交代？那他估计又要在里面度过很长一段时间了。现在想让他全部说出来不现实，但最起码可以先把他车里的赃物所涉及的案子核实了，只有把真凭实据放在他面前，才能让他放弃幻想。

过了一段时间，作案的嫌疑车辆被开回了所里。我让副所长先找人看押好他，别和他说话，我去看看车的情况。下楼以后，看见刑警技术队的人也在，赶紧上去跟他们了解情况。

技术队的东子看见是我，问道："你怎么来了？"

我赶紧说道："说来话长，你赶紧给我说说，指纹提了吗？"

"我还想问你呢，你让我们提指纹干吗，这个车又不是被盗车辆。"

"你怎么知道不是被盗车辆？"

"我们查了啊，是正常过户的二手车，车主信息我这儿都有。不过，买这个车的车主……"

我赶紧接着说道："有前科，对吧？"

"对啊，有好几次呢。派出所的人说，刑警队的人正在所里讯问一个嫌疑人，在找嫌疑车，让我们赶紧过来。我还以为是车被盗了呢，合着不是啊？"

"也差不多吧。"

"差不多？"东子问道，"啥意思？"

"价值差不多。楼上正审着的这个人要是撂干净了，应该能买辆捷达，还是新的，你信吗？"

东子瞪着眼睛惊讶地说："不能吧，车里就两箱茅台酒跟几条中华烟啊？"

我笑了笑，说道："你们最近没少往这边跑吧，我看最近这边总有入室盗窃案，丢的那些东西够买一辆新捷达不？"

"哎哟，你这意思是，都是上面那位干的？那我可谢谢你了，赶紧给他办了吧，省得我们老出现场了。不过，我可告诉你啊，那几个现场我也去过，没有提到有价值的指纹，应该是戴着手套呢。这手法一看就是老贼了，有反侦查能力啊。你别对我这边存什么大的幻想。"

我点点头，说道："我知道，早就想到了，一个因为盗窃进去三回的人，再作案还不知道戴上手套，那不是脑子有问题吗？你等会儿上去采一下他的指纹，只要能跟这车上的指纹对上就行。偷东西戴手套可以，开车不能戴手套吧，那不早让人看出有问题了，而且开的又不是劳斯，对吧？"

"行了，你别贫了，我这就上去。方向盘上确实有指纹，后备厢的烟酒上没有。我这就上去采他的指纹，剩下的事情可就交给你了。咱们各司其职吧。"说完东子就上楼了。

我打开车后备厢，里面有两箱没有开封的茅台酒和五条软中华烟，旁边还有一套类似电工穿的蓝灰色工作服，是上下两件。我慢慢拿起衣服，发现衣服上还有几根折断的说不出名字的植物枝叶。看来这孙子就是穿着它盗窃的。我又翻开衣服的兜，里面没有我期待的手套，可能是干完就给扔了，只发现了抽剩下的半盒利群香烟和一个打火机。奇怪的是，烟盒里还有三个抽完的烟头。看着眼前的半盒利群烟，我不禁感叹道："行啊，果然是老贼了，做事可真够小心的啊。"

没过一会儿，技术队的东子下来了，跟我说："我这边完事了啊，我这就回去对比一下指纹，出了结果我就告诉你，很快。"

他说完就要走，我赶紧一把拉住他，问道："前天丢烟酒的那个现场，是你去的吗？"

"是我去的啊，我刚才不还跟你说没提到有价值的指纹呢。"

"那你给我讲一下被盗现场周边的环境吧。"

东子就把他了解的现场及周边的环境给我详细讲了一下，我又拿起那套衣服上的一根草棍给他看，让他回忆一下案发现场周边是否有类似的。

他认真想了想说："那家是栋别墅，确实靠着山边，但是那里有没有这个草，我就说不好了。"

"得了，多谢了哈！你赶紧回去给我对指纹吧。"

再次坐在嫌疑人对面的时候，我心里已经十拿九稳了。看着他，我开始发问："行了吧，你也休息够了，好好交代吧。咱们一件一件说哈，不着急。我知道你要说的事情会很多，等会儿想吃什么你就说，我给你安排。"

对方并不答话。很显然，刚刚发生的一切——车辆被找到，技术队提取他的指纹——都太突然了，他应该还在想该如何解释得圆全一些。

我当然不能再给他胡说八道的时间了。我直接说道："这辆捷达车是你去年在二手车市场买的吧，车主现在也是你，别说跟你没关系啊。另外，车上有你的指纹，你也赖不了。车上的烟酒，你再想想怎么给我解释吧。"

男子抬起头似乎想说什么……

没等他说话，我接着说道："你是不是想说，车是你的，但烟酒跟你没关系，是开车路上陌生人卖给你的？你想赚点小钱，就收了？你知道这可能是赃物，所以一直没有交代你有车和车上烟酒的事情？"

他听我说完一下愣住了,好像我说的这个可能性真的可以作为他的借口,因为他现在实在想不出更好的解释了。于是,他顺着我的话说道:"不愧是警察啊,您说的一点都没错,就是这么回事。我知道我可能是收了赃物,所以不敢说,东西可真不是我偷的。"

我听他说完,没有生气反而笑了,问道:"怎么样,我给你编的这个理由特别合理吧?你应该接着说卖给你东西的是两个人,再描述一下他们的相貌,而且当时你也觉得他们不是好人,这样才对啊。这个还要我教你啊?"

听我这么一说,男子又开始沉默了,不管我再问什么,他只说烟酒不是他偷的,只承认车是他买的。

"那你说说车里那身工作服是怎么回事,别跟我说那也不是你的啊,说了我也不相信。"

男子好像又得到了提示一样,马上说道:"对对对,那也不是我的,也是那两个卖给我烟酒的人放在我车里的。"

"哦,是吗?那你穿过没有啊?"

"我没穿过啊,我都没动过,是他们放在我车里的。你们警察不是能提取指纹吗?你们可以去提取啊,上面要是有我的指纹我就认。"

听到这儿,我不禁笑出了声:"行,果然经验丰富啊。"说着,我让旁边的派出所民警先按照他刚才说的做一份讯问笔录,并对男子说道:"你可要想清楚啊,如果故意隐瞒事实真相,是要负法律责任的啊。"

他还是一口咬定自己说的都是真的。我不再说话,让民警开始给他做材料。我不得不佩服他的记忆力和应变能力,竟然在这么短的时间里就把我刚才说的话变成了他自己的话,说得跟真的一样。

等他签字以后,我收起笑脸认真地说道:"现在,你认真听着,你再给我好好解释几个问题:第一,你说你没有穿过那身工作服,也没有碰过，那为什么衣兜里面会有半盒跟你的随身物品一样的利群香烟；第二，那身工作服里的半盒香烟里还有三个烟头，按照你的说法，那肯定跟你没有关系，那回头咱们请法医把你的DNA跟烟头上残留的DNA对比一下，结果出来后自然就能清楚了；第三，你说你是半路碰见那两个卖给你烟和酒的陌生人的，那你说说具体时间和地点，还有你买烟酒的钱数；第四，不管你花多少钱买的这些烟和酒，你都要给我说清楚，为什么你身上会带那么多现金，那些现金又是从哪里来的？如果是从银行或者ATM机里取的，那你就要说清楚是何时何地取的、取了多少，如果是真的，银行是可以查清楚的；第五，也是最重要的，我提醒你一下，你开着车是隐瞒不了行车轨迹的。这里是京海，知道吗？路上有很多探头的，光靠编可是不行的，明白吗？至于你每天去哪里，我是可以查清楚的。懂了吗？开始吧，说清楚。"

他蒙了，彻底蒙了……他根本没有办法在短时间内把这一连串问题说清楚，就是编也编不下去……

看着他一脸惊慌的样子，我又劝道："累不累？你觉得现在你还能不承认就走出公安局吗？你觉得我们警察都特别好糊弄吗？老老实实交代吧，也别让我费事了。非要我把那些监控视频啊、指纹比对结果啊、DNA比对结果啊都放在你面前，你再说吗？这是个态度问题，还是那句话，坦白从宽的道理你比我还明白呢，非要死扛到底就没意思了，非要给自己多加几年吗？"

"好好好，"他低下头沉默了一下，说道，"我真后悔买了这个车啊……"

"现在后悔了？我估计你天天把别人的东西往自己家拉的时候应该是不后悔的。"

男子终于开始陆陆续续交代了。短短三个多月，就在我们的辖区，这个人就干了十六起入室盗窃案，后来他还交代了自己的暂住地。我特别骄傲地给李队长打了电话，队里马上派来一组人马，配合我一起去他的暂住地搜查赃物。很多赃物都还没来得及出手，顺着这条线，我们又抓获了收赃的人，可以说大获全胜。

这个案件让我更加深刻地体会到，跟这些犯罪分子较量的时候，一定要保持冷静，要细致入微地观察每一个细节，因为你不知道哪一个细小的证据或者细节就能改变案件的整个进程。刑警不光要有勇，更要有智慧和耐心。每一个案件都要全身心投入，案件没有大小，就看你用不用心。

12

六月，天气渐渐热了起来。整个上半年，队里连续赶上了几个案子，全队上下都有点身心疲惫，好在案子最后都得以告破了。老李也总在大会小会上跟大家说有点对不住大家，欠大家的假有点多。开始的时候，所有人都没有当回事，因为这种情况太正常了，赶上个大的案子，两三个星期不回家，我们这些人都已习以为常。可这几天李队长总是提来提去的，就有人开始起哄了。

这不，张剑咬着苹果第一个开始了："大哥，您也不用天天把这些话放在嘴边，虽然是这么个情况吧，说来说去也没啥意思，您要真觉得不合适啊，不如请大家吃一顿吧。两个条件：第一，咱要点好的，怎么着也要有万龙洲的海鲜吧；第二呢，咱们是不是带上家属热闹热闹？我们倒好说，已经卖给公安局了，咱们亏欠的主要是家属，您说呢？"

老李听完并没有反驳，点点头说："嗯，是这个意思，是得安抚安抚家属了，后院的支持很重要。"

大家一看老李是这个口风，一下子都来劲儿了，你一句我一句，到最后都听不清楚各自说的是什么了。反正有人想吃饭，有人想郊游，我们这些单身的想休年假……最后，老李决定，既然犒劳队伍、慰问家属众口难调，那就搞个二合一，来个大的。正好，他有一个朋友在海边开了一家农家乐，他租辆大车，包食宿，请队里所有人带上家属，找个周末，再去支队请上一天假，去玩上三天。

一听这个，大家都高兴了，姜威喊道："大哥，家属包含女朋友不？"

老李一笑："你小子有本事让人家跟你去就算。"

最后我们在一片欢声笑语中散会了。转眼间我到队里也有三年多了，还没有休过年假，这回有集体活动，人人都很期待。过了大概一个星期，正好赶上我们队周三值班，正常的话应该是周四下午6点下一个队接班。老李跟下一个队的队长商量好了，因为我们要集体出游，周五全队放假一天，加上周六日，所以周四白天如果没有重大案件发生，一般的案子先让下一个队帮忙处理。另外，下一个队会提前一个小时接班，我们连夜出发，应该能在晚上9点之前赶到海边，吃上海鲜。

值班的这一天，所有人见面说的都是一句话："镇住了啊！"

晚上的时候，张剑跟沈炼还特意跑到王肖的屋子里跟他聊天，让他放松，弄得老王直往外轰他们，一边轰一边用安徽普通话说着他的经典口头语："莫事，莫事，踏踏实实的。"他话说得肯定，语气中不免夹着一丝紧张。

一夜相安无事，一个现场都没有。早晨，我刚到办公室门口，就听见张旭冬在屋子里喊："同志们，再加把劲儿，今天白天坚持住，晚上咱们可就吃上海鲜大餐了。"

这时老王刚好洗漱完进来，听见张旭冬这么说，用手中的牙刷指着他说道："我跟你讲，你还是年轻啊，很多事情不能老念叨。"

旭冬夸张地用手捂住嘴，做了一个嘘声的动作，然后朝李队长敞开的办公室瞥了一眼，朝老王使了个眼色："他也在那儿念叨呢。"

老王甩起手中的毛巾，照着旭冬的头就是一下，小声道："人家老李是在联系晚上的事情。我告诉你，等会儿再去把那个拦路抢劫的线索给我好好查查，这个月必须把人给抓了。"

旭冬点上一根烟，转身看见我们在笑，模仿着老王的语气严肃地说："莫事、莫事，你们两个等会儿跟我出去查线索，一天到晚怎么不知道工作呢，年轻人就要多工作、多学习，我这个老同志看着心里着急啊。"

我还没说话，姜威先说了："你别闹啊，你师父让你去查，你叫我们干吗？我跟王晗还有事儿呢。是吧，王晗？"

"对对，"我急忙接口道，"我们早就安排好了，今天约了一个事主，要去给他做辨认笔录，没工夫陪你了，你去找其他人吧。"

说完我们就往外走，张旭冬一把拉住我说："别着急走啊，咱们商量商量，我先陪你们去做辨认笔录，中午请你们吃水煮鱼。下午你们陪我去查查那个抢劫案，怎么样？"

我转过头看看姜威。

姜威思索了一下，说道："两盒红塔山，你开车！走吗？"

张旭冬笑了："小意思，今天咱们抽玉溪。"

我们走出办公室时，看见我师父马亮正在收拾他自己在院子里种的辣椒。要说起我师父的爱好，可能跟他这个年龄段的人不太相符。而且，如果他只是单纯喜欢种点花花草草的也就算了，可奇葩的是，他喜欢品尝各种野生植物的果实，还总能像专家一样给你讲解其功效。因为那个时候没有各种可以识别植物的科普APP，我一直以为他是真的懂，没少给他当实验品。

有一次，我们因为一个案件去走访一家药用植物研究所。进了园子以后，不管看见什么果子，师父都顺手摘一个尝尝。后来遇见一种类似野生小葡萄的植物，他摘了一个尝了下，觉得很好吃，还给了我几个，味道确实不错，有点酸甜。

我问他："这个能吃吗？人家这里可是研究药用植物的，不会吃出毛病吧？"

他则不以为然地说:"放心吧,有毒的植物早就给圈起来了。"他一边说一边摘了一些放进口袋里,准备继续享用。

正好赶上工作人员过来介绍情况,我没忍住就问了问那种植物是什么、能不能吃。人家说吃一两个没问题,但是不能多吃,说那是一种药材,吃多了会致盲。我当下吃了一惊,正想多问两句,却被师父拉住了。师父笑着请工作人员带我们在园里转转,然后一边听人家解说,一边偷偷地将刚装进口袋的小果子一把一把地往草地上扔,像个做错事的小孩子,我看了想笑又不敢笑。直到现在,我还清楚地记得那个画面。

今天大家的心情都特别好,工作也很顺利,下午4点多,张旭冬、姜威和我就开始往队里赶。路上,我们还在商量晚上吃饭喝酒的时候准备把谁给灌醉。因为怕堵车,我们回队里的时候特意选择了一条河边小路,这条路很少有人走,基本上不会堵车。车刚进刑警队,我就看见院子里已经停好了一辆中巴,旁边站着一大帮人,应该都是家属。其中有认识的,也有不认识的,还有几个孩子在打闹,这还是我第一次在刑警队看到这么温馨的场面。

张剑正在帮着沈炼刷他的车,我很好奇地走过去问:"张哥,沈哥这是用什么条件才换来你给他刷车的啊?"

老张听我这么一说,回答道:"他非说我的车干净是因为车是白色的。我今天就证明给他看看,就是他手艺不行,还不愿意承认。"他边说边从自己的刷车专用包里换工具。

我抬头看了看沈炼,他则悠然地抽着烟斗,说道:"事实胜于雄辩啊,实践是检验真理的唯一标准。"一副小人得志的监工模样,时不时还点评两句,"还别说啊,你这刷得还真比我刷得干净啊。"

看见他们如此相爱相亲,我都不好意思打扰了,转身就要回办公室。突然,老沈问道:"等会儿你们都坐谁的车啊?提前分配好啊。"

"咱们队有两位车神,张哥肯定是拉媳妇孩子啊,必然是不能打扰的。那我肯定坐沈哥的车了。"

张剑接话道:"也就你们拿我当车神,她们娘俩说了,不坐我的车,她们嫌我开车太快,说害怕。"

我们笑着走进办公室,开始相互调侃,同时不忘收拾东西。等我们收拾好往外走的时候,却发现老李一边打电话一边往办公室走,眉头紧锁。看见我们,他做了一个回去的手势。我们三个面面相觑,心想:得嘞,看来老王还是没镇住!

所有人都回到了办公室,老李让内勤思思姐复印了支队传来的警情接报资料,分发给不同的探组。各探长看了资料后眉头紧锁,看样子事小不了。沉默片刻后,他们立马带上自己探组的人驱车直奔现场。几辆车带着尘土开出院子的时候,车里的人向外看,车外的人向车里看,他们肯定知道,我们又遇上案子了,但是没有一个人上前询问情况。单身的我无法体会这些家属当时是怎样的心情,但是我知道,他们心里肯定不好受。

现在想想,也许最不容易的不是我们这些警察,而是警察家属。

在车上,老王把接报资料递给了我师父马亮,我师父看完又递给了我。

原来,就在我们刚刚赶到队里的时候,距离我们刑警队三千米的一个小商店里发生了一起命案,受害人当场死亡。而且,商店就在我们刚刚开车回队里时走的那条河边小路旁边。

事后张旭冬、姜威和我经常聊起这件案子。如果当时我们再回来得晚一点,或者走进那个商店买点什么东西,也许就能阻止这一切的发生了。但是,这只是如果,我们当时能做的就是尽快将案件告破。

到了现场,派出所的民警已经到了,并且已经封锁了案发地周边。我们赶到那个小卖店时,地上全是喷溅的血迹。派出所的所长带着李队长跟我们，沿着血迹一直向东走了二十几米，路上有大量血迹。我们来到一个电线杆旁边，地上有一摊明显的血迹，电线杆上也有。

派出所所长介绍道："受害人一直走到了这儿，因为失血过多倒地，120赶到的时候，人就已经不行了。我们觉得，这个人应该是一直在追嫌疑人，追到这里的。案发现场正在等刑警技术队的人来，没有让别人进去，应该没有遭到破坏。"

老李问道："报案人现在在哪儿呢？让我们的人再找他详细了解一下情况。"

李队长转过身对队里的人说："老王带上吴经辉去找报案人，一定问细致了，什么都不能落下，有什么线索随时联系。马亮，你带着王晗、旭冬和老沈，马上沿着这条向东的路寻找目击者，争取弄明白嫌疑人的具体逃跑方向。刘博、赵天成，你们带人赶紧把周边的监控情况给我摸清楚。劲东，你跟我回现场等技术队的人。"

李队交代完，大家纷纷忙碌起来。我们四个人马上就地分为两组，向东沿路寻找目击者。虽然案发时是白天，但是因为这个地方位于城乡结合部，且这条路比较偏僻，所以平时人就很少。向东大约200米以后，是一条南北向的马路，过了马路，对面则是许多小的分叉路口，所以我们的沿途走访一直进行到当晚8点多，也没摸到什么有价值的线索。

晚上9点，各个组都回到了单位，看着白天还十分热闹的刑警队一下又恢复到紧张的工作状态，一切都显得有点不真实。不过，所有人都没有再提游玩的事情，也没有人讲起家里人的埋怨，所有人都第一时间进入了状态。

吴支队亲自主持召开了案件分析会，并听取了情况汇报。老李先对目前的案件情况做了基本通报：受害人今年52岁，江苏人，在京海靠经营案发现场的那一家小卖店为生，老婆孩子都在老家，目前派出所已经通知家属。根据技术人员跟法医的现场勘查情况看，小卖店应该就是第一案发现场，因为现场有打斗痕迹。受害人是被人用遗留在现场的一把裁纸刀划破颈部大动脉，造成失血性休克而死亡的。现场地上还留有一张10元面值的人民币，柜台后面放钱的盒子里还有几百元现金，是否是抢劫转为杀人，目前还无法得知。但是，根据报案人描述，作案的应该只有一个人，应该是个年轻人，具体年龄无法推断。报案人只是看见受害人浑身是血，并且在追一个人，并没有看见在前面跑的那个人的正面，也没有看清那人身上有没有血迹。看见受害人倒在电线杆下后，他第一时间报警并拨打了120急救电话。派出所的人赶到现场后，发现受害人经120急救医生现场诊断已经死亡。当时受害人手中还握着一把剪刀。

听完老李的介绍，吴支队让各组汇报情况。我师父马亮介绍了我们走访的情况，并汇报说目前没有有价值的线索，嫌疑人应该非常熟悉周边的环境，故意避开了人多的地方。赵天成他们已经找到了附近的探头，正在拷贝案发时的监控视频，准备连夜看完，之后才能知道是不是有线索。目前，姜威那组查到的线索是最有价值的，他们查了小卖店里公用电话的通话记录，发现案发前几分钟曾有人用座机向内蒙打过一个长途电话。他们已经填报了电话查询审批单，等会儿吴支队签完字，第二天就能送去查询了。

吴支队听完大家的汇报后说道："目前，根据我们掌握的情况，我强调以下几点：一是嫌疑人很可能是一个人单独作案的，至于是图财抢劫还是蓄意报复，或者说激情杀人，我们还不能过早下定论；二是嫌疑人应该很熟悉案发周边的情况，他可以很熟练地避开人多的地方，这一点就可以证明；三是明确重点，案发前有人曾用店里的座机给内蒙打过电话，这条线索一定要查清楚，很有可能它就是破案的关键；四是监控视频要连夜安排专人看，如果有线索，我们就能第一时间了解嫌疑人的逃跑路线，方便下一步的抓捕；五是跟技术人员沟通好，如果有现场指纹，要第一时间进行比对，这对于将来确定嫌疑人的身份非常重要。剩下的，你们自己赶紧安排去干吧。"

老李看了看大家，问道："谁还有什么要说的吗？没有的话就分头干活儿。散会。"

刑警开会大部分都是这样，不讲废话，只说重点，重在行动。

各组人纷纷起身，我一边收拾东西一边问师父："咱们是要继续去走访吗？"

师父回答道："你有什么想法吗？"

"我觉得，正常人如果是激情犯罪的话，他逃跑的时候应该会习惯性地向来的地方或者自己家的方向逃跑，就像小孩子打架以后都会先往家跑一样。那么，嫌疑人逃跑的方向要么是自己的家或者暂住地，要么就是他打工上班的地方。咱们可以根据这个逻辑以案发现场为中心，沿嫌疑人逃跑的方向走访，重点就是类似的小卖店和打工人集中的场所。"

师父听完沉思了一会儿，说道："行吧，先按照这个路子问吧，重点是向别的小卖店打听一下一般来买东西、打电话的人都是干什么的，最好能问出来他们主要在哪里打工。我觉得作案的很可能就是周边工地上的人。"

第二天的走访很顺利，在连续问了四家小商店以后，线索都指向了距离案发现场两千米左右的一个工地。最近，这些小商店的很多生意都是这个工地上的工人照顾的，他们经常会给老家打电话，或者买上几瓶啤酒和小零食，就坐在商店门前喝点小酒啥的。这些做小商店生意的，大部分也都是外地人，身处异乡的他们不忙的时候总会相互聊上几句。其中一家小商店的老板记得，来买酒的人中有人说过自己是来自内蒙古的。

听到这里我们眼前一亮,因为当时在工地上打工有一个习惯,就是同一工地上的工人基本上都来自同一个地方。工头儿是哪里人,那就决定了大部分工人来自哪里,因为招工的时候都是亲戚、朋友相互介绍的,这样的话在工地上也方便管理。我们第一时间赶往那个工地,果然正如我们之前分析的,那里距离案发现场不到两千米,此时大部分人还在工地上上工。我们先亮明身份找到了工地的负责人,了解了基本情况:整个工地一共有100多名工人,其中绝大多数都来自内蒙古。我们并没有给对方过多地讲案情,只是问他,从昨天到现在,有没有请假或者突然消失的工人。负责人说,详细的情况他要去核实一下,我们再次嘱咐他千万别说是警察找人,就说去查考勤。

核实结果很快就出来了,一名来自内蒙古、外号叫小眼镜的务工人员今天没有来上班。我们赶紧让负责人找到将他带到京海打工的那个同乡,将他的基本情况做了详细的记录。小眼镜,男,内蒙古赤峰人,19岁,高中毕业以后因为家中比较困难而放弃了参加高考,跟随同乡来京海打工。他是春节以后来的,才来三个月左右,他的同乡也不知道他今天为什么没有来上班,因为他是跟另外两个年轻人一起租的房子。我们又找到了和小眼镜一起租房的人。据他们反映,昨天晚上小眼镜就没有回暂住地,他们也不知道他去了哪里。听完他们的描述,我们立即赶往小眼镜的暂住地,出租屋内小眼镜的床铺收拾得很干净,常用物品也都在,但我们很快就在他的床下发现了带血的衣服。至此,我们基本上已经锁定了犯罪嫌疑人。师父赶紧给李队长打电话汇报了情况。

等我们回到队里的时候,大家都已经在会议室了,每个人的位置上都放着小眼镜的基本信息。看我们进来以后,老李让我师父赶紧介绍情况。

师父说完以后，老李接着说："现场的长途电话打往的目的地就是小眼镜的家，再加上马亮他们摸上来的线索，现在基本上能确定小眼镜有重大作案嫌疑。我刚才已经跟吴支队汇报了，兵贵神速，咱们马上分两组行动。老马，你带着王晗、老沈，还有老王和吴经辉那组，在京海找小眼镜。你们再跟和他一起租房子的那两个同乡详细了解一下情况，看看他在京海还有没有什么可以去的地方，并根据他的信息申请协查通报。另外，去火车站、长途汽车站等重点地区摸排一下。赵天成，你带人连夜开车去内蒙古。咱们两头儿随时沟通情况。你们也看情况介绍了，这个人没有前科，刚刚进入社会，虽然人还没有到案，但是初步分析应该是激情犯罪。赵天成，你们去他家了解情况的时候要注意方式方法，别刺激到家里人。"

短会过后，赵天成一行四人开车出发了。我们又找来小眼镜的那两个室友，通过详细的询问，小眼镜的形象变得越来越清晰了。他自幼学习就很好，在家中是老大，下边还有弟弟和妹妹。母亲身体不好，所以所有生活负担都在他父亲身上。高考前他决定出门打工，以减轻家中的生活负担。虽然是打工，但他跟别的工友不一样，他不喜欢喝酒，也不喜欢打牌，平时也不见他买衣服，少有的爱好就是在那些小书店买一些二手书回来看，再有就是抽烟了。他说他是辍学以后才学会抽烟的，而且只抽白盒的红塔山。大家都说他奢侈，因为其他工友一般只抽3块钱左右的烟，而当时白盒红塔山要6块多。那天，这两个室友出去喝酒，回来的时候发现小眼镜没在，当时已经是晚上9点多了，一般情况下他这个时候都在看书。

正当我们这边还在东奔西跑地寻找小眼镜的时候，内蒙古传来消息，小眼镜在老家已经被抓了，赵天成他们正押着他赶回京海。我到现在还很清楚地记得，第一眼见到小眼镜的时候，我很难把他跟一个杀人犯联系在一起。他高高瘦瘦的，穿着白色衬衫，干净利落，每每说上两句话，总是习惯性地用手推一下眼镜，一副文质彬彬的样子。审讯室内，赵天成跟老王主审，小眼镜很快就交代了，一点都没有隐瞒，包括犯罪细节和逃跑路线。

我很诧异为什么这样一个人能瞬间变成一个罪犯。于是我看了笔录，激怒他的原因看似只是一块五毛钱。当天，正在上工的他发现没有烟了，于是就提前离开工地去了那家小卖店，想着买完烟正好顺便给家里打个长途电话。他点上一根烟，简单地跟家里报过平安后准备结账。老板说一共十一块五，长途电话五块钱，烟六块五。他先是质疑了一下老板，说他的长途电话只打了不到三分钟，五块钱太多了……老板不耐烦地用手指了指公用电话旁边的价格表，没有理他。小眼镜摸了摸身上，发现只有十元钱，于是跟老板商量能不能便宜点。

这下老板得着理了，说道："没钱就说没钱，装什么装啊？"

这一句话深深地刺激了他，于是他拿出十块钱扔在桌子上，吼道："就这十块钱，你爱要不要。"

老板也急了，喊道："没钱还他妈装，还抽红塔山，你把烟给我放下！"边说边伸手去抢小眼镜手里的烟。

小眼镜下意识地顺手拿起柜台上的一把裁纸刀。老板一看对方拿了刀，以为他要动手，也就顺手拿起手边的一把剪刀准备跟对方打斗。小眼镜一看自己拿刀并没有吓唬到对方，心一下就慌了，没等老板走出柜台，他就拿着刀顺手朝其脖子划去，结果这一刀正好割断了对方脖子上的大动脉，鲜血一下溅得他脸上、身上到处都是，他彻底蒙了，转身就往外跑。老板捂着伤口在后边追，小眼镜连头都没敢回，但是看见对方流了那么多血，他知道结果肯定很严重。他知道警察迟早会抓住他，但他想在警察抓住他之前回家看看他的家人。于是，他跑回暂住地简单地收拾了一下后就连夜跑了。

赵天成他们赶到小眼镜老家的时候，他正在收拾屋子，完全没有反抗，很平静。听他这么平静地说完一起杀人案，我不知道这样的案件是谁的错。看着他那稚嫩的脸庞，我不知道最后法院会如何认定他的罪行，也许他将来还能回到他的家乡，回到他家人身边。但到那个时候，这个稚嫩的少年会变成什么模样？我开始对这个少年有了怜悯之心，但受害人也是无辜的。我不愿意再想下去。警察能做的就是让这个社会能正常地运转，给所有的人一个公正的交代。

13 迷雾重重

外出忙了整整一天，我很晚才赶回队里值班。走进办公室的时候，我看见师父马亮正在剥瓜子。为什么我说是剥瓜子而不是嗑瓜子呢？因为别人吃瓜子用牙嗑，我师父却是用手剥，而且不是剥一个吃一个，是要用很长的时间一个一个剥好，然后把剥好的瓜子仁攒成一堆，一把全部送进嘴里。他吃瓜子时那满足的表情，就像科学家完成了一个实验一样。只是看着，我们也会感觉特别满足。我没有说话，悄悄地走过去，趁他不注意将剥好的瓜子仁一把送进了自己嘴里，露出一个满意的表情。

师父只是笑了笑，说了一句："你个坏蛋，等会儿给我再买一袋去。"

我还没说话，沈炼端着一脸盆要洗的花花绿绿的衣服出现在我们身后，说道："我在这儿都盯了半天了，让你给抢了。老马，等会儿我给你买，你给我剥半袋就行。"

师父没好气地说道："我这不仅要伺候小的，还要伺候老的啊？下回我回自己屋里吃去。要不，你也给我洗一盆衣服，咱们换。"

我赶紧走进大屋，不再参与他们两个的斗嘴。大屋子里，老李正跟几个人边看电视边聊天，还时不时讲讲他年轻时的故事，真是难得的清闲。突然，他手里的值班电话响了，所有人都心头一震。这个值班电话一响，基本上就是有新案子了。果不其然，听着电话，李队长的脸色渐渐变得凝重，然后对我们挥了挥手。大家早已经习惯了这个手势，说明要出现场了。

我们赶紧各自收拾笔记本，还有讯问要用的笔录纸。可能很多人以为，刑警出现场动不动就要领枪，其实不是。我们最需要的就是一个包，里面有工作证、笔、笔记本，以及询问和讯问用的笔录纸。唯一人人手里都有的警械器具就是一副手铐而已。

老王走了过来，小声问老李："几辆车？"

老李给出了个"2"的手势。5分钟以后，沈炼和张剑已经分别发动了车，等候在院子里。老李还是夹着他那个总比别人大一号的笔记本，边走边朝值班的人喊道："都快点，命案现场。"

两车人飞速赶到案发地。现场已经被派出所的人封锁起来了。虽然已经是晚上10点多了，但周围还是有很多人围观。120急救的医生已经在现场了，我们过去先听取了医生的简单汇报。受害人已经死亡，所以医院并没有第一时间把人拉走，而是在等我们刑警队的人。我们过去，看见受害人是一个年轻人，也就20多岁的样子，尸体在主路旁边的一家小饭馆门前，头部跟身上满是鲜血。

根据报案人描述，大约半个多小时前，突然来了好几辆车，陆续下来十几个手持镐把的男子，对受害人进行殴打。全程没有对话，大约打了两三分钟，下手特别狠。打完人以后，这帮人就上车离开了。来的车全是奔驰，大约有四五辆，所有的车都没有挂车牌。对方打人的时候，他就报警了，警察很快赶到，但嫌疑人已经都逃跑了。

我们又找到派出所的人进一步了解情况，他们已经联系到受害人的表叔，他是名务工人员，受害人是被他带到京海打工的，刚来三个月，他们平时以给客户安装和维修空调为生。很快，受害人的表叔被带了过来，沈炼和张旭冬负责对他进行询问。我们剩下的人被分成了几组，立即对周围进行走访，寻找线索。因为案发时间比较晚，而且整个案发过程非常快，所以目击者并不多，大多数人反映的就是看见了那几辆奔驰车离开，还有人听见行凶者中有人是东北口音。除此之外就没有什么有价值的线索了。

我们把走访重点放在了案发现场周边的那些小饭馆上。因为京海正在轰轰烈烈地搞建设,所以街上如雨后春笋般出现了大量小饭馆,基本上都是租两间门面房,里面放七八张小桌子,供应一些简单的炒菜和主食。这些店的消费对象也很明确,基本上都是那些打工人员。只要附近有建筑工地或者刚刚落成的小区,周围准有很多这样的小饭馆。我跟姜威陆陆续续走访了几家小饭馆,但都没摸到什么情况,大家都是看见外面有人聚集的时候才出门围观的,最多也只是看见了奔驰车的离开。

再次进入一家面馆的时候,店里已经没什么人了。老板是一个胖胖的、看上去50多岁的中年男人,正在收拾桌子。

我们喊了一句:"老板。"

他抬头看了看我们,说道:"您二位有什么事情啊?"

我赶紧亮明身份,老板笑了笑,说道:"你们是为了刚才外面打架的事情来的吧?"

"对啊,"我说道,"来问问您看见了什么没有。"

老板放下手中的东西,拉了两张椅子让我们坐下,说道:"我啥也没有看见,当时就快下班了,听见外面乱哄哄的,我就朝外看了看,看见一伙人在打架,后来听说一个小伙子让人给打死了。您说这是什么仇啊,下这么狠的手,听说好多人都是拿着那种大镐把打的,是吧?"

"那您知道被打的人是干什么的吗?"

"我不知道啊,我都没敢过去看,都是听旁边的人议论的,应该就是这周边打工的吧。不过,他是哪个工地的、叫什么,我可不知道。上我们这儿吃饭的基本上都是打工的,人家当地人谁上我们这种小饭馆吃饭啊,对吧?"

听到这儿,我笑道:"所以,刚才看见我们进来,您都没有问我们吃不吃饭,是吗?"

老板笑着说:"我这儿天天伺候那帮工人,您看看我店里的菜单,除了那几种凉菜和热菜,就是米饭和面条了。您二位这样的,一看就是本地人,或者是有体面工作的人,怎么能来我这儿吃呢,对吧?"

我反驳道:"老板,那也不一定啊,住在附近的居民万一回来晚了,不想做饭,想进来吃碗面也说不好啊。"

老板摇摇头说道:"您不知道,那个小区的门在马路对面,那里也有一排饭店,比我们这儿高级多了。周围的老百姓吃饭,基本上都去那边。"他说着起身用手指了指窗外马路对面。

我抬头一看,果然那边也有一排饭店,但是看着比这里要上档次很多,现在还很热闹。

老板继续说道:"您看见了吧,所以说啊,什么人去什么地方,我要是住那个小区,咱也去马路那边吃饭了,对吧?"

"那我问问您啊,平时来咱们这边吃饭的基本上都是些什么人啊?或者说都是哪些工地的人,您大概都清楚吗?"

"这不,旁边有两个楼盘在盖着呢,大部分都是那里的民工。再有就是一些打零工的,比如给小区装修的、安装窗帘的、安装空调的……也就这些人了。"

"那今天晚上您店里的生意怎么样啊?"

"说实话啊,我这儿每天晚上生意都还凑合吧,人多的时候晚上七八点就能坐满了。"

"那刚才外面出事那会儿,您这儿人多吗?"

"嗯,那会儿啊,我想想啊,好像也没几个人。"

"那您再想想,今天晚上有什么奇怪的事情吗?或者让您印象比较深刻的事情?"

老板点了一根烟,说道:"印象深刻嘛……好像还真有。当时有两桌客人刚出去没一会儿，外边就打死人了，所以我有点印象。而且，服务员跟我说，其中有个人好像点了东西都没吃。您知道啊，我刚才跟您说过，来这儿吃饭的都不是什么有钱人，上了东西不吃就走的，基本上没有过。"

刑警的直觉告诉我应该有问题，我继续追问道："那您给我说说那两桌人的情况。"

老板边抽烟边挠头，想了想说道："我记不太清楚是什么样的人了。等会儿啊，我给你叫我们的服务员。"他边说边喊道，"二贵，二贵，你来一下。"

这时候，从后厨走出来一个20多岁的小伙子，边走边用围裙擦着手。

"这二位是警察，你赶紧给讲讲你跟我说的那个点了面没吃就走的人的事。"

我让那个叫二贵的服务员赶紧坐下，给我们回忆一下当时的情况。根据二贵回忆，当时已经9点多了，平时这个时候店里就开始准备打烊了，他当时正在收拾桌子。他记得先是进来了一个小伙子，点了一碗牛肉面。他刚跟后厨说完，又进来一个30岁出头的男人，因为这个人穿得很好，还戴着一副墨镜，所以他就多看了两眼。大晚上戴墨镜的人毕竟不多，他当时没有想到对方是来吃饭的。但是，那个男子也找了一张桌子坐下了，看起来没有要走的意思。二贵上前问他吃什么，这时候正好之前进来的那个年轻人点的牛肉面上来了，墨镜男子就随口说道："跟他一样，要一碗面。"他当时没有多想就去通知后厨了，等面好了就给那个人端了上来。后来，先来的小伙子吃完面结账后，墨镜男子也跟着结了账。二贵收拾的时候才发现，小伙子已经把面吃完了，然而墨镜男子点的那碗面一点都没动，他甚至没有从筷子筒里拿出一次性筷子。所以他才跟老板念叨："现在什么人都有，这不是糟蹋粮食吗？"

听到这儿，我追问道："他一口都没有吃吗？"

"对啊，一口没吃。"

"那个年轻人结完账出门后，他也马上离开了吗？"

"是啊，我记得很清楚，他们大概是前后脚结的账。没一会儿就听说外面打死人了，所以我记得很清楚。"

"那个被打死的人，你出去看了吗？"

"那倒没有，这不是快打烊了，这儿就我一个服务员，我就没出去。"

"那再见到的时候，你还能认出来这两个人吗？"

二贵想了想说道："那个戴墨镜的有点难认，另外那一个差不多能认出来。"

我跟姜威赶紧分别给老板和服务员做了两份详细的询问笔录，并跟他们说我们可能会随时找他们继续了解情况，让他们一定等我们消息，这两天哪儿也别去。

出了饭店的门，我点了两根烟，递给姜威一根，问道："你说刚才服务员说的那两个人跟咱们的案子有关系吗？"

姜威说道："我觉得有关系啊，等会儿咱们再去把服务员说的情况对一对，尤其是那个吃面小伙的衣着特征，别回头就是那个受害人。"

我点了点头说道："我觉得很有可能就是他，后面那个戴墨镜的，应该就是来盯着他负责认人的。可是，我有一点想不太明白……"

姜威接着我的话说道："你觉得打死一个农民工犯不上来这么多豪车，费这么大劲儿，是吗？"

"对啊，这两边的阶层差距有点大啊？咱们先回去，等等大家的线索。反正我觉得肯定有关系。"

会议室里，大家分别说着自己收集的信息。沈炼他们那组对受害人的表叔进行了询问，得知受害人今年22岁，是他的表叔三个月前从老家带到京海的，跟他的表叔一起从事空调安装和维修的工作。据他的表叔讲，他们在京海并没有仇人，而且受害人一直跟他一起住，平时基本上都跟他在一起。因为周边的小区是刚刚建成的，所以这段时间的活儿还是比较多的。受害人在京海并没有什么其他朋友，也没有听说他在京海跟谁有过冲突。

赵天成他们那组沿途寻找了监控视频，但并非所有路段都有监控视频。所以，他们目前还没有找到能够跟踪到行凶车队的有效监控。他们准备第二天继续去调取沿途的高速公路和社区的监控视频。

法医那边正在对受害人进行尸检，结果还需要一段时间才能出来，但是根据目前的情况估计，受害人是因为颅骨多处骨折造成颅内大面积出血而死亡的，而且受害人身上也有多处骨折。现场只遗留了一些嫌疑人丢弃的镐把，技术队那边正在提取指纹。

经过对报案人的再次详细询问，基本确定当时出现在案发现场的奔驰车大概有五六辆，都是黑色的，每辆车上应该都有人下来对嫌疑人进行殴打，而且报案人当时隐约听到行凶过程中有人高喊"给我往死里打"之类的话。

老李听完以后，起身在身后的黑板上简单地画了一个案发现场的草图，并在图上标注了案发地周边的几条道路及各个路口与案发地的距离。画完之后，老李又在黑板上画了几个问号，分别写下：人员、车辆、动机、目的、逃跑方向。

写完以后，李队长坐下来点上烟，问大家："咱们先看看这个图，案发地明显是个闹市区，而且案发时有很多人在现场。对方能开着五六辆奔驰车来行凶，为什么？对嫌疑人能下这么狠的手，为什么？刚才说行凶过程中有人喊'给我往死里打'，这说明了什么？

咱们围绕这几个问题好好说说。刘博，你先说说，你对这个案子有什么感觉？"

刘博回答道："我觉得应该是打错人了，因为行凶者跟受害人之间的身份差距太大了，他们应该没有交集啊。能叫来这么多人开着豪车来行凶，不应该就为了对付一个安装空调的人吧？所以，我觉得咱们的重点还是要找这些车，虽然它们没有挂牌子，但是只要开车了，就应该有轨迹，无非就是我们需要更多的人去看更多的监控视频。"

赵天成跟着说："我觉得刘博说得有道理。他们明显就是两个阶层的人啊，费这么大劲儿犯不上啊，我也觉得是打错人了。"

大家都顺着这个路子开始分析。听完大家说的，如果没有晚上在小饭店的走访，我应该也会有这种感觉。但是，现在我并不这么认为了，于是我说了一句："我觉得不是打错人了，这帮孙子应该就是冲着他来的。"

此话一出，房间里的所有人都朝我看了过来。

老李问道："你为什么这么说啊，说说你的看法。"

"李队，是这样啊，晚上我跟威子走访的时候发现了一条重要线索——我们也做了询问材料，刚才已经给思思姐了，可能您还没来得及看——其中一家小饭店的老板和服务员反映，今天晚上案发前，有人去他们店里吃面，服务员对吃面人的衣着特点的描述跟受害人的非常像。我们打算明天拿上受害人的照片再找他们做一下辨认笔录，但根据目前的情况看，应该是八九不离十。另外，他们还反映了一条重要的线索，就是疑似受害人进店吃面的时候，有人也跟进店里点了一碗面，但奇怪的是，他一口都没吃。疑似受害人走出去以后，这个人也跟了出去。没多久，受害人就被打死在案发现场。所以，我们觉得那个跟着疑似受害人的人应该就是嫌疑人之一，这个点了面没吃的人应该就是负责认人然后跟着受害人的眼线。大家想啊，这个人一直跟着受害人,有足够的时间确认对方的身份啊,那还能打错吗?肯定不会啊。"

大家听完以后又开始纷纷议论起来。老王说道:"这么看起来,那受害人就是目标啊,可是什么深仇大恨能让人下这么重的手呢?动机是什么?这个问题要搞清楚啊。"

张剑随声附和道:"莫事、莫事,我的老王同志,这就明显了嘛。肯定是杀父之仇跟夺妻之恨呗,让我想也就这么个意思了。不过,真要是受害人把谁爹妈给害了,对方也应该找咱们报案啊!你说受害人就是一个打工仔、穷小子,他还能把谁老婆给夺了?也说不过去啊……这案子有点意思啊。"

我转身问沈炼:"沈哥,他表叔那边就没有什么新的线索?"

沈炼正在自己动手卷烟,听到我这么问,摇摇头说道:"没有啊,这个孩子天天跟他表叔在一块儿,除了白天的时候偶尔可能会单独去干活儿,剩下的时间都跟他一起。而且,他表叔每个月基本上就给这孩子两三百块零花钱,剩下的工资都直接给他爸妈邮寄回去了,就怕孩子不学好。别的就没有什么情况了。"

他刚说完,老张就凑了过去,问道:"哎哟,公子爷,不抽烟斗了,怎么又自己卷上大炮了?这什么味的烟丝啊,给咱爷们尝尝嘿。"

老沈一看老张想抢占自己手中的卷烟,连忙夸张地使劲儿用舌头狠狠地在手中的卷烟上舔了几下,嘿嘿一乐,说道:"啥味儿?你自己尝呗。"

正当老沈暗自得意的时候,没想到老张竟然不加思索地顺手将老沈手中卷好的烟拿走送进自己嘴中,还伸手示意老沈给他点上。

老沈一脸嫌弃:"哎哟,哎哟,你可真够脏的!"说完将手中的打火机扔了过去。

老张则不以为然地点上烟,深深地吸了一口,说道:"都是战友,放心吧,我不嫌弃你。"

老沈回道:"我嫌弃你,离我远点抽去。挺好的烟,怎么让你抽出一股怪味呢。"

老李连忙打断两个人的调侃,说道:"行了,行了啊,咱们接着说案子。这样,王晗、威子,你们说的那个线索接着查,根据你们今天走访的线索看,现在这个案子确实有点可疑。先按照你们的思路摸着,想找谁、想查谁,你们好好想想。赵天成,你带着人还按照监控的思路去找视频,最后怎么着也要落到这些车上。这么多车不可能不留下轨迹线索。

"老王、老沈,你们回头把受害人表叔的各种社会关系都摸一遍,也不排除是他表叔跟人结仇造成的报复。各组之间有什么消息随时通气,资讯共享,谁需要支援马上跟我说。咱们争取早一点把这个案子拿下来。"

老李说完就起身回自己屋里去了。大家也都边议论着边收拾起各自的笔记本。我连忙拉住刚要走的沈炼,问道:"沈哥,受害人表叔的材料在你这儿呢,还是已经给思思姐了啊?"

沈炼从自己的包里拿出一份询问笔录,说道:"还没来得及给呢,怎么着,你还想研究研究啊?那你先看看吧,等会儿帮我给思思吧。"说完他转身就要走,突然又回过头问我,"你就那么肯定没有打错人?要是按照你的想法,那我这个笔录可能还需要重新做。需要我的话叫我啊。"

"得嘞,沈哥!"我赶紧答应,"我就是想再看看您这儿还有什么没有问到的。"

沈炼看了看我,说:"行啊,这老的欺负我就算了,你这个小的也要造反啊。还没看就知道我这材料不行了啊?"

我连忙摆手:"我没那个意思啊,我这不也是晚上问出了情况才有这个想法的吗？您可别多心啊，我就学习学习。"

"得了吧你，你慢慢看吧。"说完沈炼就走了。

回到宿舍，我叫来姜威，一起认真地看了看受害人表叔的询问材料。其实，沈炼他们已经问得很细致了，但是如果结合最新的线索来看的话，那就确实有一些问题是他们没有注意并且没有问到的。

我跟姜威说："咱们先按照咱们的思路把这个案子捋一下啊。如果犯罪嫌疑人没有打错人，他们的目标就是受害人的话，那他们肯定直接跟受害人有过激烈的矛盾冲突或者是结了什么仇。根据现在咱们掌握的线索看，受害人到京海的时间并不长，他表叔平时基本上都跟他一起工作和生活，而且受害人在京海也没有朋友，以及其他不良嗜好。这样的话，受害人唯一能够结仇的人很有可能就是他工作时服务的对象，也就是他安装空调和提供维修服务的对象。如果他表叔说的是实话，即两个人在一起的时候并没有跟谁结怨结仇，那么很有可能就是受害人在单独给客户安装或者维修空调时出现的问题。"

姜威接过话说道："那我们就需要赶紧查清楚受害人自己一人单独工作时的记录和客户资料。那要赶紧找他表叔，看他有没有工作记录的底单。"

"对啊，我觉得一定有底单，安装空调或者更换零件肯定有记录。你看咱们什么时候再去找找他表叔？"

姜威看着我问："你想什么时候？"

"按我的意思，现在就去，时间越早越好，不然夜长梦多啊。回头就算知道是谁干的了，如果他潜逃到外地再躲起来，抓起来还费劲儿。你看怎么样啊？"

"行啊，你跟老李说一声，咱们现在就去。"

"得嘞，说干就干，你去拿个车，我去找老李。"

到了老李的办公室，他正在研究今天各组报上来的各种材料，见我进来了，问道："怎么着，这么快就有想法了啊？"

我就把刚才跟姜威商量的情况原原本本地跟他说了一遍。老李听完以后，想了想说道："我觉得你们说得对，我同意，你看看还需要谁配合吗？"

我回答道："暂时还不用，现在我跟威子先去找受害人表叔再详细聊聊，要是找到了底单，或者真的摸到了什么新线索，肯定需要大家一起上。先让大家好好睡一觉吧。我这儿有什么线索马上跟您汇报。我觉得有戏。"

"行，那你们先给受害人的表叔打个电话沟通一下，看看他愿不愿意配合。他要是实在不愿意的话，就明天再去。"

我说道："我们是在给他侄子伸冤呢，他还能不愿意啊？您就等我们的好消息吧。"

我出门时，姜威已经把车发动好，在院子里等我了。我先打了电话，他表叔表示愿意配合我们。我让他先好好找找他们工作的安装底单，尤其是客户信息。因为他租住的是隔断房，为了方便谈话，我让他等会儿在出租房门口等我们，在车上谈。

深夜的路上一点都不堵车，大约20多分钟以后，我们就在一个十字路口见到了受害人的表叔。他是个老实巴交的汉子，今年已经50多岁了，黑黝黝的皮肤显得有点沧桑。看他的表情就知道，显然现在他整个人都还是蒙的。他说他刚刚才给受害人的家属打电话说了这件事情，他们家里人正准备赶来。眼前的这个汉子眼神中全是迷茫，显然他也许从来都没有想过这样的事情会发生在他这样的人身上。一般人很难体会现在他内心的纠结。他说，他都不知道该怎么去面对他侄子的家人了。他们离开家的时候说得好好的，是带他侄子来京海挣钱的，会好好照顾他。没想到这才几个月就发生了这样的事情，当初要是不带他侄子来京海就好了。

姜威对他说:"你现在能做的就是帮助我们赶紧把嫌疑人抓住。"

他连忙点头说道:"我知道,我知道,我知道……"一连说了好几个"我知道"。

我转过头看了姜威一眼,他顺手递给了对方一根烟。姜威本想顺手给他点上,对方却急忙摆手示意不用,我看见他拿着烟的手一直在颤抖。

我拿出了询问笔录纸,对他说:"你别着急,先慢慢想想你侄子跟你在京海这段时间的大概表现,尤其是有没有发生过什么特殊的事情,或者说他有没有跟你说过什么。咱们不着急,慢慢来。"

"好好好,警察同志,我知道,我知道……"他边说边把一摞皱皱巴巴的单子递给了我。我接过来一看,正是他们叔侄这些日子负责的空调安装和维修的底单。我边看边问道:"这些就是你那个侄子来了以后你们干的活儿的所有单子吗?"

他回答道:"刚开始那一个多月的已经上交公司了,这都是最近一个多月的。"

"这些单子都是你保管的吗?"我继续问道。

"对对对,都是我保管的,那孩子就是跟我一起干活。单子啊,钱啊,都是我管,除非他跟我要钱,或者每个月月初的时候我给他几百块零花钱。"

"那你们平时工作都是两个人一起吗?还是有分开各自干的时候?"

"刚开始那一个多月都是我带他一起,一边干活儿一边带带他、教教他。最近这一个月才让他自己干点简单的维修换件啥的,安装的事情必须两个人相互帮忙,所以基本上都是一起的。"

我随口"哦"了一声,把单子递还给他,说道:"你受累帮我把这里面你侄子自己出去维修的单子挑出来吧,我这儿确实也分不太清楚你们是怎么算的。"

他开始低下头一张纸一张纸地翻看分类，最后递给了我大约二十几张，清一色都是上门对空调进行维修的活儿。我看了看，客户几乎都是案发现场马路对面那个小区的，就问他："你们最近的活儿都是这个小区的吗？"

他回答："是啊，我们基本上都是按照小区干活儿的。一个新小区开始有人入住以后，大概两年内总会有人陆续装修、安装空调。我们每天早晨就到小区门口等着派单，一般也不换地方，跑不过来。这一个小区就有上千户，忙的时候都干不过来呢。"

"那你侄子这个人性格怎么样啊？脾气暴躁吗？你们一起干活儿的时候有没有跟业主发生过什么激烈的矛盾？"

"那可没有啊，我们就是打工的农民，哪敢跟客户发生矛盾啊，人家说啥就是啥。有时候你给他修完了一说价钱，对方还嫌贵呢，最后少给个几十块钱的事情也有。我那个侄子脾气就更好了，一般都不跟人家说话，更别提闹矛盾啥的了。"

"对了，我问你啊，你那个侄子谈对象了没有？"

他想了想说："应该没有，在老家那边从来没有听说过，跟着我干的这段时间应该也没有。一个穷小子啥也没有，谁跟他谈朋友啊？"

我跟姜威又陆陆续续地跟他聊了很多，等把能想到的都问了，天都有点发亮了。

他离开以后，我跟姜威把车开到了一个早点摊儿，人家刚刚给锅倒上油，油条还没有开始炸。很显然，我们是今天的第一桌客人。我说："老板，两碗砂锅馄饨、四根油条、两个鸡蛋啊。"

"那您二位再等一会儿啊，这油还要热热呢，你们先坐吧。"

我跟姜威点上烟，感受着清晨的空气。这时候的空气是最清新的，不管你是不是一夜没有睡觉，早晨五六点钟闻着这带有一点草香

— 121 —

的空气，保证不会困，尤其还伴随着滋滋的炸油条的声音和香味。

我正一边抽着烟一边享受着草香的时候，姜威问道："咱们今天怎么着啊？是不是先把这二十多家摸一遍啊？你觉得有戏吗？"

我深深吐了一口烟，说道："必须有戏。打个赌，三天，咱们就能把这个案子破了。而且，我坚定地认为，故事就在这二十多家里。等会儿吃饱了，咱们回单位赶紧眯上两个小时，然后跟老李说一下，叫上老王、老沈他们一起，争取今天都给走完。"

姜威接过老板递过来的刚炸好的油条，直接用手拿起，迫不及待地咬了一口。"嘿，真香啊，你说咱们食堂的油条怎么就没这么香呢？你也赶紧尝尝，油条就要趁热吃，不然就不香了。"

"所以啊，咱们这个案子也要趁热办。"

"你想过没有啊，万一这二十多家都走完了，还没找到线索怎么办？"

"我就不信没有线索，真要没线索，就不符合逻辑了。"

"嘿，我问一句啊，是什么让你这么乐观呢？"

"说不好，可能就是刑警的直觉吧。"

"你给我拉倒吧，你怎么也学那一套了。别学电视剧里那一套，咱们少整虚的。听我的，赶紧吃，吃饱了好干活儿。"他说完转过身对早点摊儿老板说道："老板，我们那两个茶叶蛋也赶紧上啊。"

我们吃饱喝足回到队里的时候，大家都还在睡觉。我也躺下了，用手机定了一个两小时以后的闹铃。我本想眯一会儿，可是一点都不困，脑子里一直在想被害人跟犯罪人之间到底能有什么矛盾，才能让对方做出这么疯狂的举动。脑海中无数种可能跟想法乱窜，让我静不下来，直到手机的闹铃响起。

我起来的时候才发现姜威正坐在床上抽烟，他好像也没有睡，看着我说道："没睡着吧？"

"怎么着,你也琢磨呢?"我问道。

"我没琢磨,琢磨也没用啊,还是看看今天能走访出什么线索吧。我就是觉得睡这么一会儿还不如不睡呢,更难受。再说了,我要是真睡着了,你再叫我,我可就不想起来了。"

"那你什么意思啊?"

"我的意思是,咱们赶紧找老李去吧,让他给咱们派人啊。今天周三了,你刚才可说了,三天破案啊。我们争取能踏踏实实休个周末,我可得好好睡一觉,周末上午还有火箭队的比赛呢,这要是能踏踏实实看会儿大姚,多地道儿啊。"

"行,就为了看大姚如何虐那帮美国人,咱们也得赶紧把案子给破了。别抽了,走吧。"

我们走出宿舍时,老李已经洗漱完了,看见我们问道:"怎么样,什么时候回来的啊?"

我跟姜威赶紧把夜里的情况跟他详细地汇报了一下,还把我们下一步的想法一并说了。老李接过那二十多张维修记录单子认真地看了一遍,对我们说:"我觉得这个案子有戏。这样吧,你们把老王、老沈跟旭冬都叫过来,咱们碰一下,争取今天把这二十多家都走踏实了。"

很快,人都到齐了,老李先简单地说明了情况,然后把那二十多张单子分成三份给了我们三个组,说道:"哥几个,今天的走访特别重要,你们走访的时候一定要细致,不能光问基本情况,要把他们的家属跟男女朋友的职业都问清楚,尤其要问他们知不知道这个案子。按理说,小区门口发生了命案,而且闹出了这么大动静,一般情况下都会有所耳闻。如果对方不知道,也要给他们讲清楚,注意他们家里人的第一反应,看看自然不自然。有问题的,咱们拉出一个名单,随时给我打电话。我这边马上安排别的组去查,咱们同时进行。听明白了吗？这可是目前咱们能抓住的唯一有价值的侦查方向了。"李队说完看着姜威和我问道，"你们两个困不困啊？还行吗？"

"没问题。"我跟姜威同时回答道。

"那行，你们查去吧。咱们随时通气。"

三组人马同时开始了走访，整个上午一直没有发现新的线索，直到下午4点多的时候，沈炼那边给我打来了电话，让我到他说的地址去找他，他那边有情况了。我跟姜威把手中正问的这户问完便马上去找老沈他们碰面。

我们到时，沈炼和张剑已经在等我们了。

老张说："来啦，赶紧给你沈哥上根烟，好家伙，问得这个细致啊，不愧是总队下来的老前辈啊。"

老沈没咋跟老张斗嘴，径自介绍起了情况。原来他们走访的这户户主是一个独居的女孩子，目前没有正式工作，当他们问她知不知道昨天小区门口发生了命案的时候，女孩的反应很奇怪。正常人听说这事以后，基本上都会先问问警察情况，比如"人抓住了没有啊""什么人被害了"之类的问题，这个女孩子却显得很平静。他们又告诉她受害人是一个空调维修工，而且前一段时间给她家维修了空调，问她有没有印象。这个女孩子显得有些心事重重，回答问题时总是心不在焉，像是在想什么事情一样。她说自己平时不出门，也不打听外边的事情，根本不知道案件的发生。至于她家维修空调的事情，她说她想不起来是谁给维修的了。沈炼他们觉得这个女孩子一定知道点什么，于是马上就给我打了电话，让我过来一起去看看，再详细地问问。

我问道："沈哥，这个女孩子多大了？"

"二十多岁吧，长得挺漂亮的。"

"那她没有工作的话，这个房子是谁给她买的啊？房主是她吗？"

沈炼回答道："她说房子是她名下的，具体的需要等会儿去小区物业公司查一查。"

这时候张剑说话了："这样吧，我们觉得这个姑娘应该是知道点什么的，等会儿你看要不你跟威子上去再详细问问，你们了解的情况比较多。我和老沈去物业查一查这个房子的信息，等会儿也跟队里报一下，让他们查一下这个姑娘的个人信息。等有了结果，我给你发手机上，也方便你们这边询问。你看这样成吗？"

说干就干，再次确认了门牌号后，我跟姜威就上楼了。我们敲了门，屋内传来一个女孩子的声音："谁啊？"同时我看见屋里有人通过门上的猫眼在向外张望。于是我拿出工作证，在猫眼上给对方看，并回答道："刑警队的，还有一些问题需要再跟您核实一下。"

对方沉默了一会儿，继续说道："刚才已经有警察来过了，你们有问题找刚才的警察吧。"

我说道："我知道，刚才的两个警察是我的同事，他们没有问完，有别的事情先走了，换我们来跟您核实下。麻烦您开一下门吧，不会耽误太长时间的。"

又一阵短暂的沉默后，门开了。一个长相清秀的女孩出现在我们面前，我接着说道："咱们能进去说吗？"

姑娘把我们让进了屋子里面。屋子里很干净，桌子上有两杯没有喝完的水，我想应该是刚才姑娘给张剑跟沈炼准备的。想到这里，我又看了一眼面前的这个姑娘。我心想：张剑跟沈炼已经走了一会儿了，屋子里收拾得挺干净，说明这个姑娘应该是个比较爱干净的人，那为什么半天了她却没有收拾桌子上的水杯呢？只有两种解释：一是她还在思考什么问题，忘记了；二是她去忙更重要的事情了，所以才没来得及收拾。

我问道："你平时就自己住这里吗？"

姑娘回答："只有我一个人住。"

我起身说道："能用一下你家洗手间吗？大热天的一身汗，我洗个脸。"

姑娘指给我洗手间的方向，我走进去先打开水龙头，然后打开了洗脸柜，里面有两套洗漱用品。很显然，其中一套是男人用的。而且，毛巾也是双份的。我洗了把脸，一边胡乱地用手擦着脸一边说："谢谢啊，怪不好意思的。"

姑娘连忙回答说"没关系"。我转身又看见了鞋柜上的男士拖鞋，心中顿时就更有底气了。

姜威正在问她一些基本情况。这个姑娘今年24岁，来京海已经有三年多了，是在外地上完学以后来京海打工的。她原来有一份工作，但是去年辞掉了，现在在家待业，用她自己的话说就是想调整调整。姜威又问了问她老家的情况。她老家在南方的一个三线城市，父母都是普通工人，家中还有一个哥哥，在老家。

我突然问道："这个房子不错啊，几居室啊？"

她回答道："三居室。"

"那不小啊，挺贵的吧？"我继续问道。

姑娘回答："100多万……"

"哎哟，姑娘你真可以啊，这才来京海三年多就能花100多万买房子，有贷款吗？"

姑娘沉默了一会儿说道："全款买的，也是借了钱才买的。"

"那也可以啊，跟亲戚还是朋友借的啊？"

"哦……跟朋友借的。"我能感觉到她说话的声音变得越来越小了，也可以说她越来越没有自信了。

"男朋友吗？"我笑着说。

姑娘不自然地笑了一下，不再回话。

"不说话就是承认了呗，行啊，这又不算丢人，男朋友有本事也成啊。我一进来就看见了你家鞋柜上的男鞋，别害怕，正常谈恋爱，警察不管。你男朋友这么有钱，是做什么的啊？能给我们说说吗？"

女孩看了看我们，问道："你们警察不是来调查昨天小区门口发生的人命案的吗？您问这个跟案子有什么关系吗？"

"当然有关系了，刚才我同事给你介绍了吧，受害人曾经给你家维修过空调，这样的话，你跟他之前就有过接触。我们这都是正常的符合法规的询问，如果你隐瞒事实的话，可就是违法了。"

女孩虽然看着我们，却好像在思考什么，对我们说道："我确实是今天才知道的，还是听你的同事说的，我平时真的不出门，在这边也没有什么朋友。您还有什么问题就直接问吧。"

这时候，我注意到她跟我说话的时候手里一直紧紧握着手机。于是，我直接说道："你可能确实刚刚知道，所以刚才我们的同事走了以后，你就马上打电话去核实了，对吧？"

女孩一脸惊诧地抬起了头："你们怎么知道我打电话了？"

"我们是警察啊，所以你要跟我们说实话。到底怎么回事？你认不认识受害人？你们之间有什么矛盾？早点说清楚对大家都好。"

我正说着，突然手机上收到了张剑发来的短信，里面有女孩的基本信息和家庭人员情况，以及她在这里购房的基本情况。虽然购房合同上签的是她的名字，但刷卡记录上显示的是一个男人的名字。看到这里，我直接问道："韩英明是谁？你是给他打电话了吗？"

女孩浑身一颤，连忙说道："不是打给他的，我是打给我一个好朋友的。"

"好朋友？你的好朋友也住这个小区吗？"我紧接着问道。

"她不住这里。"

"她不住这里，你为什么要给她打电话问你们小区门口发生的命案？难道她清楚吗？"

女孩咬着嘴唇说道："我就是问问她有没有将那件事情告诉我男朋友。"

"什么事？"

女孩低下头哭了起来，一边哭一边给我们讲了前些天发生的一件事。大约十几天以前，她家的空调突然杂音变得特别大，于是她就给之前安装空调的公司打电话反映问题，公司承诺下午会有师傅上门进行维修。大约下午3点多，她刚刚午睡起来冲了个澡，正穿着睡衣吹头发的时候，维修工人来了。当时她也没有多想，就让工人进门了，没一会儿空调就修好了。维修工人是一个二十多岁的小伙子，看上去挺腼腆、老实的，他说只是一个管子松了，已经修好了，还跟她说就不收钱了。她看小伙子人不错，就去给他拿了一瓶饮料，谁知道这个小伙子坐下来竟然就不着急走了，开始跟她聊天。刚开始，她还因为自己也是外地人，就和对方多聊了一会儿。谁知道对方越聊越兴奋，完全没有离开的意思，于是她就不再理对方，也没觉得会出什么事情。然而，让她没想到的事情发生了，小伙子起身要离开的时候，突然转过身一把抱住了她，开始抚摸和亲吻她。她大声呼喊并用力挣扎，才让那个小伙子冷静下来。然后，他跟她说了句"对不起"就离开了。

她整个人都被吓坏了。她不敢跟男朋友提这件事情，可是堵在心里又难受，还害怕对方再找上门纠缠她。她甚至觉得，是因为她不注意穿着，穿着睡衣，加上刚刚洗完澡，才让那个小伙子对她有了幻想。于是过了两天，她在QQ上跟她的一个好朋友说起了这件事情，说她害怕那个维修空调的小伙子再回来找她，不知道是不是应该报警。她的朋友只是劝了劝她，让她跟自己男朋友说一下，去教训一下那个人，但她拒绝了。直到今天警察上门询问的时候，她才知道昨天小区门口发生了命案。但是，她也不能确定受害人是不是就是猥亵她的那个维修工人。刚才她就是给那个朋友打的电话，问对方是不是把这件事情告诉了她男朋友。

我继续问道："那你刚才给你朋友打电话时她是怎么说的？她跟你男朋友讲这件事情了吗？"

"她说前几天她没有忍住就跟我男朋友说了，说我男朋友听完以后很生气，不过后面的事情她就不知道了。"

"那你跟你朋友说昨天你们小区门口发生的事情了吗？"

"我没说，我说因为这两天我男朋友没有来我这里，所以问问她。"

听到这里，我问道："你男朋友是做什么工作的？"

"他和朋友一起开了一家小的贷款公司。"

我接着问道："贷款公司？那他们公司平时贷款的话，贷款人都用什么作抵押？"

"什么都有，房子啊、汽车啊什么的。"

听到这里，之前的疑问就都解开了。

我又详细问了她男朋友的姓名和个人信息，以及他公司的名称和地点。做完记录以后，我示意威子继续跟她聊，我要去给李队汇报一下情况。转身的时候，我又追问了一句："你男朋友昨天回来了吗？"

女孩说："没回来。"

"那他给你打电话了吗？有说什么吗？"

"没打电话，他不是每天都回来的，我们也不是每天都打电话的。"

我看着她的眼睛追问道："是实话吗？你可要想清楚了。"

女孩点了点头。

我赶紧出门把情况给老李进行了汇报。他当机立断，立马派出一组人马根据我提供的信息去找女孩的男朋友，又联系技术队的人来支援我，对女孩说的上网聊天情况进行证据调取。

技术队的人到了以后果然在她的电脑里找到了那天的聊天记录。

我打电话叫来一起走访的沈炼等人，说明了目前的情况，让女孩带着我们马上去找她那个朋友。我们让她先电话联系对方，就说有事情要跟她商量，电话里千万别提是什么事情。

事情进展得很顺利，一个小时后我们就找到了女孩的那个朋友。她朋友说的跟之前女孩说的基本上都吻合，于是我们先把这两人带回了刑警队。剩下的事情就是要马上找到女孩的男朋友，因为根据目前的情况来看，作案动机和作案条件都明确表明他具备重大作案嫌疑。

等我们回到队里的时候，出去寻找女孩男朋友的那组人也传来了消息。对方公司没有人，今天也没有开门，可以说是人去屋空了。他们走访了旁边的其他公司，问到了一些情况。根据旁边公司的人反映，之前在女孩男朋友公司门前停放的一些作抵押的高档轿车昨天都被开走了，而且其中几辆车跟在案发现场出现的车特征相符。其实，这一切早已在我们预料之中。

虽然还没有抓住人，但我们已经基本锁定了犯罪嫌疑人。老张他们负责给女孩和她的朋友做笔录。我则跟姜威和沈炼一起，找老李商量下一步的工作。

老李说："现在韩英明的作案嫌疑基本上已经确定了，你们都说说，下一步你们想怎么办？有什么想法就说啊。王晗，你先说吧，你是怎么想的？"

我抽了口烟，想了想说："我估计他们已经知道人被他们打死了，现场那么多人都看见了，他们肯定也知道。现在，嫌疑人的手机应该已经停机了。参与案件的人很多，估计他们会分开向不同的地方逃跑。我们现在最主要的是要先把主犯抓了。这样的话，下一步就能弄清楚所有参与人员了。他要逃跑的话，可能会先四处联系一下。所以，是不是先查一下他的电话，看看案发前后他都打给谁了。再有，看看他有没有购买飞机票、火车票的记录，但因为现场的车都不见了，不排除嫌疑人会自己驾车离开京海。这样的话，还需要调一下出京海方向的监控视频，争取能确定逃跑的方向。因为从案发到现在才过去一天，我们还是比较有主动权的。您看，是不是等会儿各项证据都确定以后，我们申请一下全国的协查通告，先在网上对女孩的男朋友韩英明发一个协查通告？"

老李又问了问其他人，大家基本上都是这几点意见。

于是，大家开始分头工作。我们先根据女孩提供的线索搜查了韩英明在京海的另一处暂住地，可以看得出来，家里有明显收拾过的痕迹，各种有效证件都不见了。嫌疑人的电话也已经关机，很明显，嫌疑人已经逃跑了。

第二天，负责查找监控视频的那一组传来了好消息，他们在京海高速出京海路口发现了疑似在案发现场出现过的一辆奔驰轿车。根据视频来看，是一个人独自开车离开的。我们将图片放大以后拿给女孩辨认，证实开车的就是其男友。顺着这条线索，我们一路追踪，三天以后终于将犯罪嫌疑人抓获。

到案以后，嫌疑人倒是交代得很痛快，说自己本来就是为了出气，才安排自己的手下在小区附近寻找受害人，并最终确定了受害人的身份。实施犯罪的人基本上都是他公司的员工，这些人普遍文化程度都不高，在公司就是负责收账的。当天，他让公司员工将抵押在公司的一些高档车的车牌都拆卸下来，还提前安排了人去盯着受害人，但是他的初衷并非要将受害人打死。可是，他们殴打受害人的时候确实下手太重了，打完人以后他就感觉到事情已经超出了他的预想。于是，他给手下发了钱，让他们出去躲一躲，等他的消息。他自己则扔掉了手机，回家收拾了衣服，连夜独自开车离开了京海。其实，他也没有想好到底要去哪里，但又不敢让人打听受害人的情况。警察抓住他的时候，他才知道受害人已经死亡了。他将所有参与犯罪的人员都交代了。

整个案件从发生到主犯落网一共历时五天，等到所有犯罪嫌疑人都到案，又经过了一个多月的时间。

从这个案件中我总结的经验就是，永远不要忽略任何细小的线索，你永远不知道一个案件的最终侦破靠的是哪一句话或者哪一个线索。还有一点，就是刑警的直觉并不是天生而来的，而是通过不断发现、不断重复、不断推翻的过程积累的，再通过案件结果的证实加以巩固。

14　　　　　　　　　　　　最混乱的一次抓捕

刑警是一个绝大多数时间都在出外勤的警种，老师父们常说做刑警要腿勤、嘴勤。所以，我们很少有时间能整天待在屋子里。总结起来，我们每天的工作都是重复的，不停地接现场、出现场、找线索、抓人、审讯，奔波在这个城市的每一个角落。那时候导航还没有普及，所以大家基本上都练就了一些看家技能。首先就是找路的本领。大家对标志性建筑和地标都如数家珍，每个人都能自己脑补地图，而且去过一次的地方下一次基本上都能找到。其次就是一手开车一手打电话联系工作的技能。当然，这个习惯不好，现在交通安全部门也不允许这样，但那个时候没有车载电话，这是工作中不得不掌握的技能。还有就是记车牌号码的能力。天天在路上跑，坐车总会有无聊的时候，只要自己不开车，我就会习惯性地盯着身边一辆辆过往的车，默记车牌号码，然后逐渐缩短看车牌的时间，再去印证对错。这并不是为了玩，因为执行路面抓捕任务的时候一定会用到这项技能。直到现在，我还保留着记车牌号码这个习惯。

那时候，我开车还有一个习惯，就是特别喜欢听广播。我最喜欢两个节目：一个是国际广播电台的"飞鱼秀"，这个节目的开播时间应该是2004年8月，我则是2004年6月参加工作的，可以说是跟着"飞鱼秀"的两位主持人一起成长的；另外一个节目是京海人民广播电台的"欢乐彩铃"，现在我也说不清楚这个节目是什么时候开始的了，当时手机突然多了一个功能叫彩铃，也就是比较有特色的手机铃声,那时候非常受欢迎。我最早还是通过沈炼听说彩铃功能的,他当时下载了一条彩铃,内容是"今天好运气,老狼请吃鸡,你打电话我不接,你打它有啥用啊"。

当时我印象太深刻了,就是这个一块钱一条的彩铃把大家给新鲜得不行。想想那时候的我们,虽然从外表看都是硬汉刑警,但内心并不是冷冰冰的铁板一块,所有人都会紧紧抓住日常生活中的一点点小快乐,把它放大,让自己高兴一整天,高兴得像个孩子。

我喜欢"欢乐彩铃"这个节目,不仅是因为主持人的声音好听,还有一个原因,就是主持人叫苏力,用她自己的话说,苏是姓苏的苏,力是巧克力的力。听她这么说,我总会想起一部特别有名、特别励志的电影《阿甘正传》,里面有一句经典台词:"人生就像一盒巧克力,你永远不知道下一颗是什么味道。"当时我一直觉得这句话就是说给我们这些干刑警的人的,因为我们面对的一切都是突发事件,你很难预知下一个现场在哪里,预知你将要面对什么样的对手。案件不会等你安静地坐下来吃饱喝足以后再发生。你需要时刻准备着。

当时经常有人问我,总是面对打、砸、抢、杀的暴力事件,我们的内心会不会也变得阴郁。那时我不太会解释,直到转岗以后,跳脱刑警的身份,我才更加深刻地体会到刑警的内心其实更加阳光、更加柔软。因为刑警身上不光要有责任,还要有人情,如果不能替受害人和他们的家属考虑问题的话,真的很难做好刑警这一行。

今天一大早,我们就看见沈炼穿着一件看上去就不俗的衬衣跑到张剑面前炫耀,说是朋友刚刚从美国给他带回来的名牌。那个时候没有代购这个行业,能穿上一件地道外国货还是很值得炫耀的。张剑这次倒是一反常态没有挖苦他,还说确实很好看。听得我们大家一头雾水,心想难道张剑有企图?

果不其然,只见张剑在沈炼耳边耳语了几句,换来沈炼一声:"想都不要想。哎呀,再说了,女人的衣服,我们的车神怎么能穿呢?"

张剑脸一红,说道:"爱借不借。我还真求着你了是吧?等会儿去查电话,你开车啊,我今天心情不好。"

沈炼一脸不在乎,说道:"我开就我开,反正这个衣服不能借给你穿。你说你一个已婚人士,穿这么好看干吗?万一招惹上小三,回头弟妹找我,我说不清楚啊,那我不就是从犯了吗,这算提供作案工具啊。"

张剑回头朝我们笑,指着沈炼说道:"女人就是女人,一点都不爷们儿。"

最后这对相爱相杀的组合勾肩搭背地走出大屋去查电话了,在楼道里还能听见他们为了中午谁请吃饭而争论不休,充满欢笑的争吵声不绝于耳。

今天我跟旭冬的任务是去查找一个抢劫案件的线索。我一边开车一边打开收音机听电台里正在播放的"飞鱼秀",两位主持人正在调侃结婚的话题。我问旭冬什么时候结婚。他女朋友跟他是同学,两个人已经恋爱很多年了,而且张旭冬比我大一些,我总觉得队里这些年轻人中第一个结婚的应该就是他了。

张旭冬说:"听过一个顺口溜吗?'结婚结婚是好事,生个孩子是玩意儿,要吃要喝是难事!'嘴上说就是个领证的事,实际哪有那么简单啊?结了婚住哪儿?就咱们挣的那点工资,现在想买套房子多难啊。再看看吧。再说了,天天在单位跟哥几个一起待着挺好的,多自由啊。着什么急!"

我继续问:"那你这么耗着,就不怕最后嫂子跟别人跑了?"

"跑呗,要跑早跑了,你哥哥我多有魅力啊?"

我转头看着他那张比实际年龄要老上五岁的脸,叹口气说道:"哥,要不咱们还是说点实际的,中午请我吃什么啊?"

"啥意思？你是不是质疑你哥哥我的魅力啊？怎么就说到吃饭了？"

"哥哥，你绝对有魅力啊，尤其是请客的时候，那绝对是大哥范儿十足啊。"

我们这儿正相互逗着，突然旭冬的电话响了，是老李打来的，让我们赶紧回去，说等会儿有抓捕任务。旭冬转身看了看我，说道："赶紧回去吧。等会儿抓完人，中午我请你去食堂吃，别客气，随便点。"

我一边找地方掉头往回开，一边问："抓什么人？之前没听说啊？"

旭冬回答道："老李说特情队的人给提供了线索，等会儿咱们跟孙一兵那队一起去抓，至于抓什么人，老李没说，先回去听听吧。感觉要抓的人应该不少，要不然不至于两个队一起上啊。"

很快，我们就赶回了队里，会议室里已经有十几个人了，有我们队的，也有孙一兵那队的，还有特情队的老吕和他的一个同事。老李看我们到了，赶紧让我们坐下，说道："咱们人都齐了，先让老吕介绍一下情况。"

老吕说道："那我简单说一下啊。今天一早，我这边摸到一条线索。我的一个线人跟我说，今天在西王沟的一家饭店，有一个专门持刀抢劫建筑工地的团伙中午要聚餐。因为他们的老大今天过生日，所以团伙里的成员基本上都会到。我听说后就赶紧跟李队联系，这是一个好机会啊，最近几个月，光咱们区就发生了七八起持刀抢劫建筑工地的案件。想必大家也都听说这事儿了，我们之前也一直在查，这伙人平时作完案基本上就散了，只有作案的时候才会聚在一起，所以一直没有找到合适的抓捕时机。这次绝对是个机会，争取一锅把他们端了。"

老李接着说道："这伙人作案时分工很明确，团伙成员中有几个人有过盗窃跟伤害的前科，下手狠，出现过几次伤人的情况，所以大家抓捕的时候一定要注意安全。老吕说他们大概有五六个人，为了一举拿下，我们这边两个队一起行动。老吕，你带着你特情队的人在门口守住，里面的事情交给我们。怎么样，孙队长，你那儿出几个人？"

孙一兵队长说："那我带队，咱们两边各出六个人，再加上特情队的人，应该问题不大。"

老李表示同意，说道："那行，等会儿威子跟思思负责把今年以来全市这种类型的案件信息都整理出来，等抓人回来给大家作参考。现在是11点，咱们十分钟以后出发，大家抓人的时候一定要注意安全，要是遇见激烈的反抗，一定要第一时间制服，千万别受伤。现场都听孙队长指挥，我在家里等刘博和赵天成，他们去南城查个线索，一会儿就回来了。等他们一回来，我们就赶过去接应你们。大家有问题随时电话沟通，都去准备吧。"

于是，大家都回去分头准备了。

我放下包，拿好甩棍和铐子。准备妥当后，五辆车一起出发奔向那家饭店。到了饭店门口，老吕带着他特情队的同事下了车，他们先进饭店侦查确认。没过一会儿，老吕就出来了，他分别走到各个车旁讲了一下里面的情况。根据饭店老板反映，嫌疑人在包间内已经喝上吃上了，但是包间里可不止五六个人。

孙队长的意思是五分钟以后进去，根据对方的人数多少决定行动策略，能抓就抓，人太多的话，就先控制局面，等老李的支援，他们应该已经在路上了。

行动开始了，大家纷纷下车，分两批进入饭店。按照分工，特情队的人留在饭店门口，孙队长带着我们冲进包间。冲进去的一刹那，眼前的景象着实出乎我们的意料。里面满满当当坐了十几个人，而且桌子上下到处是啤酒瓶和白酒瓶。很明显，这帮孙子都已经喝多了。

孙队长大喝一声："别动，警察！"

还没等孙队长亮出工作证，一个啤酒瓶已经飞了过来，接着飞过来的是杯子还是碗就分不清楚了，场面瞬间混乱起来。大家各自寻找着抓捕对象，我就近抓住一个在我身边的男子，一边喊"别动"一边往地下按他。这时，我看见身边孙一兵队的石鲲也按着一个人，可他身后突然窜出一个嫌疑人，我想去帮他，却腾不出手来。正着急的时候，突然我头顶飞过一个人，貌似是拎着把椅子冲过去的。接着我就听到石鲲喊："别砸了，下面是我……乱了，全乱了。"

我刚费劲儿地给被按住的嫌疑人铐好手铐，突然一个光头男子不顾一切地要从我身边的门冲出去。我急忙上前拦他。当时我才明白一个事实，就是人要是喝了酒，这力气真的比平时大太多了。我竟然没有一把抓住他，我赶紧跟着他跑出包间，用手从后面搂住了他的脖子。没想到他一转身挣开了，还抄起一把椅子砸在了我身上。其实，当时一点都不疼，打过架的人都知道，人在亢奋的时候神经是麻木的，但这样的行为我是不能容忍的，干了好几年刑警了，遭到嫌疑人攻击还真是头一回。我的第一反应就是要还击，然后再进行控制，可是我明明朝对方头上跟身上很用力地打了几拳，竟丝毫没有影响他往门外冲的速度。我急红了眼，一边追一边拽。很快，这场战火就蔓延到了饭店的大堂。此时正是饭口，有很多人正在用餐，看见我们这样以为是在打架，纷纷躲避。虽然我不停地喊"我是警察"，希望有人能帮助一下，可是并没有人上前帮忙。眼看这个光头就要摆脱我的控制冲出大堂的时候，一个黑影从我身边闪过，只用一招就将光头男撂倒在地。这时我才稳下心神，看清楚那黑影正是我师父马亮。

师父看了看我，说道："别愣着了，赶紧拿铐子啊。"

我一摸腰间才想起我带的铐子已经用了，师父一看连忙说："帮我把他的裤腰带解下来。"

我赶紧照做，师父飞快地用嫌疑人的裤腰带将其双手反绑起来，然后撂下一句"把人看好了"就跑进了包间。很快，一场遭遇战似的抓捕战斗就结束了，十几个嫌疑人都被戴上了铐子。当然，还有人是被他们自己的腰带反捆住双手的。反观我们这边的人,也都有不同程度的伤,有人的衣服都被撕烂了。当嫌疑人逐一被带出餐厅的时候,在饭店吃饭的食客才弄明白原来还真是警察在抓人。

嫌疑人在饭店门口排成一排蹲在地上,等着队里来人来车把他们一起带回去。这时候饭店老板跑了出来,问道:"警察同志,这帮人刚才吃饭的账还没有结呢,您看?"

孙队长问了句:"今天给谁过生日?"

一排嫌疑人中有两个人都指了指刚才被师父抓住的那个光头。孙队长走过去,一把将他拽起来说道:"给你过生日啊,那行,你给老板结了今天的账吧,还有,刚才砸人家的东西也一起都赔了。"孙队长转向老板继续说,"老板,你过来算一下账,还有被砸的东西的价值。"

光头男此时已经没了刚才的嚣张劲儿,他费力地用一只手提着裤子,另一只手从侧面伸进口袋掏出钱包给老板结账。刚才还一脸愁容的老板拿到钱便笑着走了。

没过一会儿,老李就带着人赶到了。我们每两个人押解一个嫌疑人上车,等车陆续回到队里,吴支队已经等在门口了。看见几个嫌疑人身上有血迹,他喊道:"你们这是干吗呢?怎么还把人给打了啊?"

可是等他看见我们身上的伤和破乱的衣服时,吴支队怒了,用手指着从他身边走过的嫌疑人喊道:"你们这他妈是要造反啊,拒捕,还他妈打警察?"

等把光头铐到审讯室以后,我才发现我的后背跟胳膊都很疼,胳膊已经肿了,后背估计也一样。老李走过来看了看,问道:"要不要去医院看一下啊?"我简单活动了一下,确认应该只是皮外伤,骨头没有问题,便说道:"没事。"

嫌疑人目前都还处于醉酒状态,满嘴胡言乱语,骂着警察如何如何。老李走过来看了看嫌疑人,还没来得及说话,脸上就被光头吐了一口带血的吐沫。我的火一下就蹿上了头，冲上去就想动手，却被老李一把拉住了。他只淡淡地说了一句："让他们先醒醒酒，醒了再问吧。"到现在我都忘不了当时那个画面。

我呢，自然而然就跟这个光头较上了劲。当然，不光因为他拒捕和侮辱了老李，还因为他当时那种拼命逃跑的劲头让我怀疑这个人身上还背着其他案子，而且事情还小不了。晚上我们才陆续开始进行讯问，最后果然有意外收获。光头最后不仅交代了他在京海伙同其他人持刀抢劫工地的十余起案件，还交代了他七年前在老家参与的一起绑架案。这也解释了他为什么会那么玩儿命地想逃走。这次抓捕，我们的人基本上都受了伤，老李却没有公报私仇，甚至光头清醒后他都没有再提中午的事情，确实让我钦佩。

这次行动也成为我在刑警队经历的最难忘的一次抓捕，或者说最混乱的一次抓捕。吃一堑长一智，自那以后，我们再也没有出现过这样的情况，毕竟作为刑警我们也是专业的。

等要出门将这些人送进看守所的时候，我才注意到从中午抓人到晚上送人，一直没有看见沈炼跟张剑两位老同志。这两位大哥要是在的话，估计中午就没有那么混乱了。张剑是十几年的老刑警了，经验丰富，下手麻利。沈炼更是专业级的选手，大家虽然嘴上都叫他沈公子、沈姑娘，但那只是因为他的性格跟穿衣习惯，他年轻的时候可是进过专业拳击队的。这两位真是关键时刻掉链子啊！

我奇怪地问老李："这两位查个电话还没回来啊？"

老李笑着说："查什么电话？他们让我给派到郊区支援去了。沈帆他们队接了一个绑架案，刚才我打电话问了一下，那边都开枪了，嫌疑人弃车逃跑钻进了林子，现在他们正带着狗一起围捕呢。"

等深夜我们从看守所回到队里的时候，沈炼他们已经回来了，正在大屋子里吃泡面。我赶紧问："那个绑架案怎么样啊？人质没事吧，人抓了没有?"

沈炼低着头一言不发。见我们回来,张剑乐了,马上放下泡面,回应说:"抓了,抓了,人质也好着呢。哎,对了,我给你们讲个乐事啊。你们上眼看看我们的沈姑娘有什么变化?"

听他这么一说,大家才注意到他们俩都浑身是土。沈炼还是不抬头,只是低着头说了一句:"你就幸灾乐祸吧,这回好了吧,咱们谁也别穿了。"这时我们才发现,早晨沈炼还在得意显摆的那件美国名牌已经被剐破了好几个口子,两千多的衣服一天就退出了历史舞台。

姜威凑过来说道:"哥,穿这么贵的衣服,你还往林子里冲啊?"

沈炼抬头说道:"废话,都往里冲,我能不冲吗?要不说你们这些小同志觉悟不高呢,人质重要还是衣服重要?"

姜威伸手就要看沈炼那件衣服的牌子。

沈炼用手一挡,说道:"怎么着?你要给我买一件啊?"

"我一个月就挣那么点钱,我哪买得起啊,我就想看看是什么牌子的,怎么这么不结实啊,等我有钱了千万不能买。"

正在大家笑成一片的时候,老李走了进来,问道:"老沈,听说美国名牌贡献了?"

没等沈炼说话,张剑先接话了:"大哥,今天我跟你说啊,老沈同志真是值得表扬,我做证。你看,这个活儿是你临时给我们派的吧,怎么着队里也得意思意思,给老沈报点吧?"

老李乐了,说:"太贵,报不了,最多我给你们放两天假,自己买去吧。"

就这样,充实而忙碌、惊险而平淡的刑警的一天就过去了。

15　深夜蹲守

最近我们辖区内的一个高档别墅区连续发生了几起盗窃案。虽然派出所一直在查，但始终没有抓到人，而且类似案件还在持续发生。根据目前的线索，这帮人肯定是经验丰富的老贼，应该有作案车辆，且具有一定的反侦查能力。没的说，刑警队马上接手了案子。

由于案发地在比较偏远的地方，又靠近山边，视频资料少得可怜，我们只能采取最原始、最笨的办法——蹲守。每天队里出八个人、四辆车，两个人一组，在别墅区周边偏僻的小路上和山顶的小路上蹲守观察。当然，因为案发时间都是深夜，我们负责蹲守的基本上都是夜里10点出发，蹲守到凌晨6点结束。深秋的京海已经很冷了，大夜里跑到山上，再加上秋风一吹，这温度可想而知。在这样的温度下，我们还不能发动汽车打开空调的暖风，一方面是为了隐蔽，另一方面则是因为天气冷能防止我们犯困睡着。

我跟姜威一组，我们每天都把车停在一个防火道的拐角，这样夜里从山下开上来的车不容易发现我们。一个电台、两副铐子、两根甩棍、两瓶可乐、一包花生和一包瓜子就是我们的全部装备了。说实话，夜里蹲守是一件特别枯燥乏味的工作。因为无聊，所以每天蹲守的时候我们会不停地聊天，当然，同时眼睛要一直盯着路上随时可能出现的嫌疑车辆。

姜威刚从外面上厕所回来，我说道："少喝点水，你这都尿了好几次了，是不是肾不好啊？"

"嘿，瞧你说的，跟肾没关系，天气冷了就容易上厕所，这是常识，懂不懂啊。"

"这荒山野岭、黑灯瞎火的，你老去尿不害怕啊？"

"害怕啊，我当然害怕。我就怕那帮孙子不来。他们不来，咱们这什么时候算个头啊。再过几天估计都要下雪了，真冷啊。明儿个我得穿大衣来了。"

我感慨道："你说人啊，挺有意思啊。就拿咱们两个来说啊，虽是大小伙子，平时我自己还真不敢来，一守一宿。要不是当警察，为了抓人，我才不大夜里跑到这个地方来呢。"

"这就是精神的力量，为人民服务啊。"

"嘿，你的觉悟什么时候变这么高了？"

"哥们儿的觉悟一直不低，就是你没注意到。"

我突然抬头看了看车窗外的月亮，特别亮，特别圆。

我说道："我估计今天嫌疑人应该不会来了，你信吗？"

姜威回道："别啊，他们不来咱们不是白来了嘛，再说了，你咋知道他们不来了？"

"嘿，没看见我正观看星象呢吗？"

"别闹啊，说说嘿，你还懂这个呢？这个怎么看啊？"

姜威一边说一边也伸着脖子向天上看。

我嘿嘿一笑。看着他认真的样子，我实在编不下去了，说道："老话说得好啊，贼啊，偷风不偷月，偷雨不偷雪。今天月亮这么亮，哪有云彩啊，傻子才出来偷东西呢。"

我们两个人就这么坐在车里看了一夜的月亮，只不过两个男人看月亮不怎么浪漫。

这样的工作持续了十几天，虽然没有新案发生，但嫌疑人还是没有被抓住。后来的一段时间里，我和姜威两个人甚至都没啥可聊的了，唯一的愿望就是盼着嫌疑人能早点出现。

直到有一天，夜里3点多时，我正准备点烟，突然一辆小面包车上山了。姜威赶紧伸手拦下我，我们都下意识地低了一下头。等车过去，我们赶紧用电台通报了这个情况，之后电台里传来老李布置工作的声音。他让后面的车都藏好，离别墅区最近的人下车观察，如果这辆车停在别墅区周围并且有人下来，第一要记清楚车牌号，第二注意不要擅自行动，等其他人过去支援，其余的车辆先别着急动。

大概过了二十多分钟，电台里传来消息，那辆面包车停了，下来了三个人，车上还留着一个司机。老李让大家开车慢慢移动过去，快到集合地点的时候都下车走过去，以免惊动嫌疑人。很快，三辆车集合到位，我们小跑着往嫌疑人的车辆赶过去。

老李看了看张剑、沈炼，用手指了指嫌疑人的面包车，做出一个攥拳的手势。两个人会意地悄悄摸了过去，瞬间将司机给拿下了，对方都没来得及哼一声。等我们过去的时候，嫌疑人的嘴已经让沈炼用手绢给堵住了。

我忍不住问道："哪儿来的手绢啊？"

张剑说："这个还用想，就咱们这帮大老爷们儿，谁平时带这个东西啊，你沈姐的。"大家都想笑又不敢笑。

沈炼说道："行了，别废话，赶紧搜身吧。"

这时候，负责盯梢的姜劲东跑了过来，介绍了一下那三个下车人的进入路线。

一般入室盗窃都有几个共同特点：第一，作案时间基本上在凌晨3点到5点，这时候人睡得最沉，不容易醒；第二，贼出入时一般都会选择同一路线，专业地讲就是贼的出入道，大部分贼都会选择从哪里进就从哪里出，因为进去的时候他们已经踩过道儿了，并且对容易造成响动的物品进行了清理，不易被发现。

所以，既然姜劲东已经摸清了他们进去的路线，那接下来我们要做的事情就是守株待兔了。

半个小时后，三个人全部落网，几乎没有反抗。深更半夜的，就算不是警察，他们估计也不敢反抗，毕竟敢在夜里行走的不是坏人就是警察了。因为我们抓的是现行，而且又是团伙作案，所以这四个人被带回队里后没多久就全都交代了。作案的人越多，越容易突破，毕竟做贼的都心虚。伴随着系列盗窃案的侦破，我们队终于结束了苦哈哈的寒夜蹲守，大家都松了一口气。

16 案里案外

转眼就到了2008年，举国上下都在兴奋地等待奥运会的到来，所有人都很兴奋。这种情绪其实很复杂，人就是这样，很容易受环境影响，当所有人都高兴的时候，你也会莫名地受到感染。就连犯罪嫌疑人也开始消停了，不知道是不是也都等着踏踏实实看比赛呢。

满以为这样轻松的日子怎么也能坚持到奥运会以后，不过真应了那句话，什么时候都有这不长眼的。这不，临近奥运会开幕时，我们队连续两次值班都赶上了持刀抢劫出租车司机的案子，而且后来一问，别的队值班时也出了两次这样的现场。

这天值班时，大家一起聊起了这几个案子，心里都挺别扭的。姜威抽着烟说道："你说这举国欢腾的时候，老出这样的案子不行啊，等奥运会一开始，来中国的老外那就多了，回头真在咱们京海被抢几个，不是给咱们上眼药吗？咱们是不是琢磨琢磨，怎么提前把这个隐患根除了，给这两个孙子办了啊？"

"行啊，你们有这个觉悟就行。"正在看NBA球赛的老李听见我们的聊天后一边喝茶一边搭话。

"别说要开奥运会了，啥会不开也不能让他们就这么肆无忌惮地持刀抢劫啊，这都什么年代了啊。哎，老王，有几起了？"

老王正挽着半截裤腿拿着脸盆从宿舍出来，说道："昨天问了问，好像有四五起了，振明他们也在查呢。但是，目前没有什么线索，就知道作案的是两个人，都是夜里11点之后作案的。"

老李问道:"那事主能记得清楚他们的样子吗?要是找到人,能做辨认吗?"

老王说:"这几个事主都说只看见了坐在副驾驶的人,没看见坐后排拿刀顶着他们的那个人。"

老李"嗯"了一声,说道:"王晗、威子,明天你们去一趟支队,把这几次的材料都复印一下,好好研究研究,看看能不能在开幕式前把人给抓了啊。"

"得嘞!"我赶紧回应道。

第二天一早我们从支队出来就蹲在车边点上烟看上材料了,看了一会儿,威子把他手里看完的材料递给了我。

姜威一边抽烟一边看着我说:"这也没什么线索啊,开幕式前把人抓了,有戏吗?你看出什么了吗?"

我看着手中的材料说:"我看吧,抢劫案基本上都发生在清河周边啊,没有别的地方,你那儿呢?"

"我这儿也是,我觉得这两个孙子要么之前在这边生活过,熟悉这边的情况,要么就是现在还住在离这边不远的地方。这些材料吧,记得还不是那么清楚,估计咱们这两天还要再找一遍这些事主,好好问问才行。"

我点点头,我也是这个意思。"哎哟,昨天跟老李说的话是不是有点大啊。这就还剩两个礼拜了啊,这案子要是拿不下来就丢人了。"

威子笑着说:"丢啥人,振明他们不是也查着呢吗?不是也没弄下来吗?大不了半年之内咱们就别跟老大一起看球了呗!"

"啊?为什么不看球啊?"我不解地问道。

"他昨天就是看球的时候跟咱们说的,回头一看球,他不就想起来了,还不挤对咱们啊?"

"走吧,赶紧找人去吧。"说着,我拽起威子就开始重新正式地走访了。

七月，京海正是天气热的时候，我们连续三天早晨出去夜里很晚才回队里，总算把之前报案的五个事主都重新走访了一遍。其实，大家说的基本上跟之前材料上记的差不太多，唯一有价值的线索就是其中一个出租车司机反映的新情况。他很清楚地记得当时坐在他副驾驶上的那个抢劫犯的样子，对方大约二十多岁。而且，还有一个细节，那就是他有个习惯，喜欢把当天挣的钱都夹在自己的驾驶本里。当时犯罪嫌疑人着急拿钱，把他掏出来的夹着钱的驾驶本整个都拿了过去，是他苦苦哀求，对方才将驾驶本扔还给他。我听到这里赶紧问："之前警察找你的时候，你好像没有提到这一点啊？"事主说当时他确实忘记了，而且对方也把驾驶本还给他了，所以他就忘记跟警察说了。我赶紧联系技术队，咨询他们还有没有提取指纹的可能。技术队的人说只能看看提取的条件了。于是，我们赶紧拉着事主到了支队，将他的驾驶本给技术队拿了过去。等了一下午，结果被告知时间过去太久了，而且估计事主每天都还往里夹钱，所以上面只有事主本人的指纹。

正当我们失望的时候，技术队的东子问我："你们这是在办哪个案子呢？"我们赶紧说是那个抢劫出租车的系列案子。

东子说："前段时间我出过类似的现场啊，还在其中一个事主的车上提取了一个嫌疑人的指纹，正在跟违法嫌疑人指纹库里的指纹进行比对呢。"

我跟威子一听就来精神了，忙道："那有了结果你赶紧给我们一个啊！"

东子说："行啊，出了结果我就报上去等领导审批。你们不是正办这个案子呢吗，回头领导肯定给你们啊。等着吧啊。"

当然，我们也不能就指望着技术队那边的指纹线索。于是，我跟威子又把所有的案发地跟周边走了一圈，并根据所有案发地画了一张示意图。五起案件都发生在方圆五千米之内，而且下车地点虽没有重复，但基本上都靠近周边的一些小路口，这再次证明了嫌疑人一定对案发地周边的地理环境相当熟悉。我们又根据之前事主对坐在副驾驶上的抢劫嫌疑人的描述开始对周边的出租房进行摸排，但是仍然一无所获。

距离开幕式只剩七天了。

早晨起来，我跟威子正在整理这几天新走访的线索，准备去案发地周边的几个派出所摸一下那里登记的外来人口的情况，看看有没有跟事主反映的抢劫嫌疑人信息基本一致的人员。刚要出门时，老李把我叫到了他的办公室，问道："这几天查得怎么样啊？"我简单地汇报了一下，老李听完以后说道："等会儿把你们手里的材料汇总后复印一份给振明吧。"我忙问道："给振明？为什么啊，他们把人抓了吗？"

老李说道："那倒还没有呢，刚才振明给我打电话，说支队给他们了一个指纹对比的线索，说是对上了一个嫌疑人。他们可能要根据这个指纹线索去抓人了。"

我突然想起了之前技术队的东子说的那个指纹对比的事情，忙跟老李说："那为什么把线索给他们啊？我跟威子都忙活了一个多星期了，为什么不给我们，我们一样能抓人啊。"

老李说："我还真问了，是政委让技术队把线索给他们的，我有什么办法？谁抓人都一样，案子破了就行。"

我急得站了起来，说道："那不行啊。不是这个意思啊，大家都是刑警，都查一个案子，而且是咱们接的现场，咱们抓人破案天经地义啊。就算他们之前也出了类似的现场，那指纹对比结果也应该给咱们一份啊，大不了谁抓了算谁的，对吧？大家看本事办案。光给他们线索算怎么回事啊？"

老李看我激动了，说道："你跟我嚷嚷有什么用啊？你不服气跟支队领导说啊。"

我一下子没词了，老李点上烟看着我说道："领导已经定了，就这么着吧。"

"那不行啊！我觉得支队领导不公平。"

老李看着我突然笑了，说道："那你打算怎么着？"

"我打算？我打算找政委说理去。"

老李扔给我一盒烟，说道："行啊，带上烟去吧。"

我拿起烟说道："去就去。"转身刚要出门，老李叫住我说："听我的啊，不抽完这盒烟就别出政委的办公室啊，保证你能要回来。"

我疑惑了一下，拿了钥匙开上车就奔支队去了。

别看我在老李面前义正词严，真到了支队，还是有点发怵。我在政委办公室门口晃悠了好几圈，抽了两根烟，平稳了一下情绪，想了想大概要说什么，然后做了个深呼吸才敲响政委办公室的门，准备开始跟政委讲理。

政委看见是我，还以为我要找他签字呢。我则用最快的速度说明了来意，没等他说话，我又不加停顿地汇报了我们关于这个案子的详细侦查过程和结果。说完以后我就看着他。

政委听完后也不着急，慢悠悠地说道："哦，这个案子啊，通过那个指纹确实比对出了嫌疑人，我已经让技术队把线索转给振明他们了，我之前不知道你们也在查这个案子。那这样吧，下次再有别的案子的线索，我让技术队先转给你们。"

我说："不是我的案子的线索我不要，这个案件现场是我出的，我就要负责到底。"

政委有点不高兴了，看着我说："那你想怎么着啊？我已经给他们了啊。"

"我不想怎么着，我就是觉得您作为领导不能偏心，您应该把线索给我们队。"

政委说:"是老李让你来的吗?"

"跟我们队长没有关系,我就是想把案子拿下来。"

"我跟你说了,我已经给曹振明他们了,你听不明白啊?"他说完便不再理我了。这时候陆续有人进来找政委批复文件,我索性就坐在办公室的沙发上看着这些来来往往的人。我心里已经打定主意,反正已经这样了,今天要是不给我们队一份指纹线索,我是不打算走了,我就跟他耗下去。

几拨批件的人走了以后,政委一会儿看看报纸,一会儿喝水。我能感觉到,因为我在屋子里,他明显有点不自在。突然,他放下手中的水杯看着我问道:"行行行,你说你到底想怎么样?""我就想您公平对待,把线索也给我们队一份,大家凭本事破案。谁能把案子拿下来算谁的。"

"好好好。"政委拿起电话打给了技术队,让那边给我准备一份指纹比对结果。打完电话他转过头看着我说:"你还不走啊?赶紧去技术队拿线索吧。"我急忙说了一句"谢谢政委",走出办公室长出了一口气。

等我拿着结果回到队里的时候已经快中午了,老李看见我趾高气扬的样子,问道:"看样子是要回来了?"

"要回来了。"

"你不会真抽了一盒烟吧?"

"我看政委一直没有抽,我也没敢抽。"

老李说道:"要不说你没经验呢,政委不会抽烟,也最讨厌别人抽烟,你要听我的,早回来了。得了,要回来就行。这回心里平衡了吧,赶紧歇会儿去吧。"说完老李拿着饭盒直奔食堂去了。

我刚要进屋,威子拿着饭盒迎面走了过来,说道:"振明他们上

— 151 —

午找过来了，还要走了之前的一些材料和我们后来摸上来的情况。"我急忙问道："咱们找那个事主新做的材料，你也给他们了吗？"

威子笑了："那必然不能给啊。再说了，人家要那个没有用，老李不是说他们有嫌疑人的指纹比对结果了吗，那就直接抓人吧，用不上咱们的材料。对了，听老李说，你上支队找政委讲理去了，赢了吗？"我拿出指纹信息在他面前晃了晃，说道："表面是赢了，可咱们可能没有人家快吧。"威子一边看资料一边说："那肯定啊，我刚才打听了，人家上午就出去抓人了。顺利的话，今天他们就能把案子给破了。那咱们怎么着？也出去抓？看看谁快？"

我说："那倒不用，毕竟大家都是为了破案，犯不上抢人。我要回这个指纹线索就是为个公平，让领导知道咱们不容易，以后公平点。刚才老李也问了，他知道我拿回了指纹线索，都没提抓人的事，估计也是这个意思吧。现在啊，咱们就盼着振明他们赶紧把案子破了吧。需要的话，就把剩下的材料给人家，开幕式可快要开始了。这几天也累得够呛，我啊，先睡会儿去！"

可能是最近真的太累了，虽然中午没有吃饭，我竟然一点都不饿。这一觉我一直睡到下午4点多，等我醒来的时候，办公室里一个人都没有，这种情况对刑警来说太正常了，每个人手里都有案子要查，基本跟奔忙的工蚁没两样。我整理好床铺后去冲了个澡，坐在办公室里突然不知道该干点什么了，就给威子发了个信息问他在哪儿。没一会儿，他就回来了，说道："睡醒了啊？"

我问道："你干吗去了？"

姜威说："我去振明那边了，想看看他们把案子弄得怎么样了。"

我一听来了精神，忙问道："他们把人抓了？"

姜威说："早就抓回来了，你刚睡没一会儿他们就把人抓回来了。"

我忙问道："抓了几个人？撂了吗？"

威子嘿嘿一笑:"没有,刚才我问了,估计够呛,这孙子什么都不说啊,推得一干二净。"

我疑惑地问道:"这怎么推得了啊,不是有他的指纹吗?"

"对啊,"威子说道,"那孙子说了,他跟他爸就暂住在案发地周围,经常在附近打车,所以车上有他的指纹很正常啊。振明他们也去了他说的暂住地,没什么发现。他们也找事主过来了,事主没有指认出来。"

我说:"那跟他爸核实了吗?"

"哎哟,你能想到的人家能想不到吗?他爸上个月就回老家了,说是家里奶奶生病了,他爸正在照顾呢。"

我点上一根烟,说道:"那怎么着啊,还没有办法了?总不能给放了吧?"

威子把我刚刚点上的烟拿走自己抽了起来,说道:"我看着悬,那边小哥儿几个正努着呢,不知道最后能怎么着,他要是就不撂,也还真没辙。谁知道呢,看看再说吧。"

我又抽出一根烟,但这次没有点上,而是看着威子发起了呆。威子看着我问道:"你怎么着,又有什么主意啊?"

"主意倒是没有,但我觉得你也赶紧睡一觉吧,万一他们要是把人放了,咱们今天晚上就有的忙了。"

威子茫然地看着我:"他们把人放了,咱们接着带回来啊?你觉得咱们还能有机会?"

我突然打着了手中的打火机,回道:"只要咱们觉得有,就一定会有!"

接下来的几个小时我一直在思考如果是我侦办这个案件,面对嫌疑人的上述说辞,又该如何突破嫌疑人的防线呢。

想着想着,不知不觉已经到了晚上9点多。老沈悠哉悠哉地端着一盆衣服走了进来,我就问他振明那边有没有问出来。

老沈问:"问什么啊?"

我说:"他们队不是抓人了吗?抢劫的那个啊。"

老沈"哦"了一声,说道:"好像没有吧,刚才还听见振明在骂街呢,说好像因为快到12个小时了,所以他们决定暂时先把嫌疑人放了。"

我赶紧叫醒在床上睡得正香的威子。威子这个人就是有这个优点,说睡就能很快睡着。有时候我真的很羡慕他的这个优点,尤其是在刑警队这样的单位,这绝对算得上一种优秀基本功。很遗憾,这样的神技我一直没有练会。

威子揉着眼看着我,问道:"咋了?"

我说:"睡好了没有啊?睡好了准备干活儿吧。"

威子跳下床,打着哈欠说道:"怎么着?他们真把人给放了啊?"

"行了。他们放人的话,咱们不是白查了那么多天了吗?赶紧收拾东西,跟老李说一声,咱们上吧。"

老李听完我们的想法以后,挠了挠头问道:"你们有把握吗?振明他们问了一天,该查的也查了,该问的也问了。别回头你们又白折腾啊,要是问下来了还好,要是问不下来怎么办?"

我赶紧接话:"反正我觉得只要有机会就要查啊,这个人明显有嫌疑,我就不相信他们做了这么多起案件没有留下线索。这回警察已经找过他一次了,我估计这孙子肯定想找个机会溜了,到时候咱们就算再有线索,那抓起来也费劲啊,弄不好还要出差,这不是浪费咱公家的钱吗?"

老李说道:"行了行了,反正你们也查那么多天了,按照你们的想法办吧,需要什么手续跟我说,我让队里配合你们,你还需要谁,说话。"

"暂时还用不上,等会儿开个传唤证,我先跟威子把人带回来。

你跟我师父说一下，配合我们再联系一下其中的一个事主做下辨认就行。"

老李说："还要做辨认啊？振明他们没有做辨认笔录吗？"

"做了啊，不过那个事主没有辨认出来，说抓的这个人不是坐在副驾驶的人，但这不代表他不是在后排拿刀的那个人啊。我总觉得他们有些地方可能没有查清楚，只能再辛苦辛苦事主了。"

老李说："你跟威子去哪儿找这个人啊？你知道他要去哪儿吗？"

我回道："那肯定是先回案发地附近的那个出租房啊。我估计他心里现在也没有底，不知道警察还会不会找他，所以他肯定不会直接去找跟他一起实施犯罪的同伴，但倒是有可能给同伴打电话。我刚才联系了在技术侦查部门的同学，估计还要麻烦您给签字批个报表，通过技术手段看看他出去以后都联系了谁。我觉得他很可能会联系他的同伙，好给对方透露情况，让他赶紧走。"

老李说："好，那咱们就先去找吧。别就你们两个去，看老张老沈谁在呢，三个人去安全点，等会儿要是把人带回来了，就按照你说的办吧。"

我们叫上正准备睡觉的沈炼，三个人出发了。再次找到嫌疑人的过程比想象中顺利，虽然在车上时我心里还不是特别肯定他一定会先回到案发地附近的暂住地。我甚至都想好了，不行的话就直接给他打电话，让他配合工作，看他敢不敢再次面对警察。

等我们到了地方，看见屋子里亮着灯，心里踏实了一半，等敲开门看见他的时候，真想对他说一声"谢谢"。

我们亮明了身份，对方并没有表现出过度的惊慌，只是说道："你们还有什么事情吗？今天警察已经找过我了，我都说清楚了啊。"

我这才认真打量了一下眼前的男子，高高瘦瘦的，肤色有点黑，头发半长不短，谈不上干净。经过警察一天的盘问，他的眼神反而变得更加淡定了。我说道:"是,我知道警察找过你了,那是我们另一个部门的同事,但是有些问题还需要进行核实,麻烦你再跟我们回去聊聊吧。"我边说边拿出传唤文件。

对方没有过多的反应,只是"嗯"了一声,说道:"等我锁一下门吧。"

我站在门口向屋子里看了看,发现里面收拾得很整洁,东西摆放得整整齐齐,但是屋里有一种很奇怪的味道或者说气息,不过说不上来具体是什么。但是,我总觉得有什么地方不对。

对方看了看我,问道:"你们还要进来看看吗?"

我连忙回道:"先不用了,该看的时候会来看的。"男子似乎并没有听懂我的话。回单位的路上,我们一直没有再问他问题,他也没有说过一句话。但是,我知道我们各自心里都在想着如何跟对方较量。

老李看见我们把人带回来后把我叫到了办公室,问道:"怎么样,配合吗?"

"配合啊,可冷静了。"

"那你有什么感觉?"

"现在说不好,我等会儿跟他好好聊聊,您安排人联系一下技侦那边吧,我估计他肯定打过电话了。我等会儿去看看他的手机通话记录,不过应该已经删了,咱们就算去电信公司查,一时半会儿也没结果,只能靠技术手段支撑一下了。"

老李说道:"行吧,你们先问着,我等会儿把马亮叫过来,让他接待一下事主,技侦那边我安排人联系,你们就踏踏实实地问吧。"

我回到审讯室时,威子正在问嫌疑人:"知不知道警察为什么找你?"

他说今天被警察带回来的时候就知道了,警察怀疑他持刀抢劫了,还说被抢劫的出租车上留有他的指纹,不过他已经跟警察解释了，因为他就住在案发地附近，所以很可能是他平时打车的时候留下的，并说他没有做违法犯罪的事情。

我示意威子接着跟他聊，我则看着他认真思考。如果他真的是犯罪嫌疑人的话，那么今天振明他们队的人等于已经给他进行了一次模拟考试。现在他竟然主动提起指纹的事情，就说明他已经想清楚了，警察手里只有指纹线索，但又不能仅凭指纹而定他的罪。

这个人之前有过故意伤害的前科，那就说明他具有一定的反侦查能力。他越是淡定地回答问题，我就越坚定地相信他就是犯罪嫌疑人。正常人如果没有犯罪的话，一天两次被不同的警察带回来进行调查，肯定会有各种埋怨和不配合，但是他没有。这说明他对自己很自信，或者说他把所有的精力都放在了如何跟我们证明他没有犯罪上。我的脑子飞快地转动着。

"行了，"我打断他的话说道："咱们也别绕圈子了，你也知道我们为什么找你，为什么前脚刚把你放出去，又马上把你带回来。咱们也别说指纹的事了，没意思，对吧？你先把你的随身物品都交出来，刑警找你回来不是聊天的。你心里明白我想知道什么，赶紧吧。"

他看到我突然转变态度，一时间没有回过神儿，慢慢地从身上掏出了钱包、手机和一串钥匙。我先拿起手机翻看了一下通话记录，果然没有他离开刑警队以后的通话记录，不过这也是意料之中的。钱包里只有两百多块钱，还有他的身份证和两张银行卡，钥匙串上有四把钥匙。我看完以后直接问道："你在京海，住在哪里啊？"

他看着我说道："你们刚才不是去了吗？"

"跟谁住啊？"

"之前是跟我爸一起住，前段时间他回老家了，奶奶病了，他回去照顾。现在就我一个人住。"

"哦，那这几把钥匙，哪一把是你们家的啊？"

我说着把钥匙递给了他，他很快就指出其中一把。接着我又问道："那剩下的几把钥匙呢？"

他愣了一下，赶紧说道："剩下的三把是老家房门的钥匙。"

"你老家是院子还是楼房啊？这么多把锁？"

"老家是院子，所以锁多了点。"

我点点头，看了看手里的几把钥匙。我知道他没有说实话，因为根据钥匙的样子就能看出来，其中三把钥匙很明显有经常使用的痕迹，但另外一把感觉还很新，应该是才用了不久。那这就说不过去了。

我并没有着急跟他核实或者说拆穿他。我让威子接着问，自己出门去找我师父马亮，想问问他跟事主联系得怎么样了。我刚出门，正巧碰见我师父带着事主进来。事主看见我问道："今天我都来了一回了，您这大晚上的又把我叫过来是什么事啊？又抓到人了？"

我赶紧给事主做了一番解释。我希望他再认真想一想，他真的如此肯定不是这个人吗？还是说他不能确定？事主无奈地说道："警察同志，我真心感谢你们的认真负责啊，但如果还是上午那个人的话，我真的能确定不是他。今天上午的时候，另外几个同志也让我好好看了，我能肯定不是这个人。"

我接着问道："你只是肯定他不是坐在副驾驶的那个人，你能肯定他也不是坐在后排拿刀的那个人吗？"

司机想了想说道："那不能确定啊，我自始至终都没看见那个人的脸啊，他也一直没有说话，而且他们跑的时候是往车后跑的，我确实没看见。"

"哦，我知道了。那如果你再见到坐在副驾驶的人，肯定能认出来吗？"

"那我肯定能认出来，是他跟我要的钱啊。"

"行，那我知道了，辛苦您在外边坐着等我一会儿。"

我不停地翻看着嫌疑人的手机，跟我想的一样，果然手机里没有任何有价值的照片，突然我又想起刚才去他家时总觉得有些地方不对。想着想着，我一拍大腿意识到：对了，没有生活气息，屋子里太整洁了，应该是有一段时间没人住过了。屋子里经常有人住的话，会有一种很特殊的味道，这种味道就是生活的气息。也许我们再回去仔细查一查就会发现新的线索。于是，我叫威子不要再问了，赶紧找老李去支队批一张搜查证。很快，威子就办好手续回来了，我跟沈炼和威子押着嫌疑人准备再去他的暂住地看看，希望能发现什么新线索。

我们再次来到嫌疑人的住所。这个屋子不大，大概只有二十几平方米，里面有两张单人床，床边有一个脸盆架子，上面还挂了一条毛巾。屋里还有几个柜子和箱子，靠门的地方有一张小桌子，上面有一个电磁炉，桌子旁边有个自制的小柜子，里面整齐地放着一些盘子跟碗筷。

太干净了——整个房间给人的感觉就是这样。站在屋子里，那种奇特的味道再次出现，因为是平房，加上夏天天气热，如果有人居住的话，屋子里绝对不应该是这种味道。我走进去看了看床下，其中一张床下有两双鞋子，一双很旧的皮鞋和一双拖鞋。我目测了一下，两双鞋都大概只有41号左右。我转过身问嫌疑人："你穿多大的鞋？"

他不太明白地回答道："43。"我"哦"了一声，说道："那这两双鞋都是你爸的吧？"

他看了看说："是。"

我又用手捏了一下挂在脸盆架子上的毛巾，太硬了。很显然，这是一条已经有一段时间没有用过的毛巾，我的心里有底了。我又随手拿起其中一个柜子上摆着的一本相册，翻开来发现里面大多数是嫌疑人在京海的照片。我认真地翻看着每一张照片，突然他和一个年龄相仿的人搂在一起的照片引起了我的注意，我拿给他看，并问道："这个人是谁？"

我能感觉到他似乎根本没有料到我会问这个问题，他说那张照片是他的一个同乡来京海旅游时两人一起照的。看着他紧张的样子，我又说道："等会儿回去以后，别再跟我说你现在住在这里了啊。这也太明显了，你最近根本不在这里住，我说的话你明白吗？"说完，我让威子将相册也带回去。

回到队里，我把相册中的那张照片递给出租车司机后，他一眼就认出照片里的另一个人就是坐在副驾驶座位上抢劫他的那个人。一张照片彻底改变了整个案件的进程。现在，所有的证据都已经摆在嫌疑人面前，他自然也没有什么好争辩的了。很快，他就交代了他参与的所有抢劫案件，比我们预想的还多了两起。可能因为那两起案件中被抢的是黑出租车，所以没有人报案。那把很新的钥匙就是他另外一个出租房的房门钥匙，是他跟同伙一起租住的，这段时间他们都住在那边。他说估计他的同伙现在已经离开了，因为他晚上离开刑警队的时候一出门就找公用电话给对方说明了警察找他的情况，让那个同伴赶紧离开那里，最好赶快离开京海。虽然对方可能不在，但我们还是去了一次，当然，那里已经人去楼空了。于是我跟威子说赶紧填技术侦查申请表，明天一早就找领导审批，将另外一名嫌疑人的手机号码立即上报技侦部门进行监控。我们一直折腾到早晨8点多，办完所有的手续后，我跟师父叫上老张，将人送往看守所。威子则去跑技侦手续的事情了。

我们忙完回到队里的时候已经快中午了，威子正趴在床上睡觉。老李看见我说道："可以啊，还真给拿下了。威子已经把手续办好交上去了，说是还特意交到了你的一个同学那边，你同学说有消息会第一时间给威子打电话。我估计这孙子可能已经离开京海了。等会儿赵天成他们还要抓人回来，估计又要熬夜了，你在单位也睡不好，不行先回家歇会儿吧，等真有了消息我让威子给你打电话吧。"

说真的，经过这一天一夜的折腾，我确实有点困倦，想想现在也只能等消息了。我想在单位睡觉吧，可又没有威子那种说睡就能睡着的本事，于是简单交代了一下就回家了。到家后我先冲了一个热水澡，泡上一杯茶，又吃了半袋速冻水饺，然后打开电视躺在了沙发上，这就是我在从警期间养成的一种独特的在家休息的模式。也许很多人都习惯躺在床上睡觉，我躺在床上却安静不下来。这可能是因为我潜意识里总觉得随时会有嫌疑人的消息，也可能是高速运转的大脑很难一下子冷静下来。所以，我只能看着电视慢慢放松我紧绷的神经。其实，电视里演的是什么并不是很重要，我也根本记不住，我想我也许已经得了神经衰弱。不知道过了多久，我终于睡着了。

这一觉醒来已经是第二天上午10点多了，电视还开着。我赶紧拿起手机，并没有来电和短信，于是我给威子打了个电话，对方没有接。得了，还是去单位吧，不然这心里总是不踏实。

到了队里，威子正盖着被子呼呼大睡。我的天哪！他不会从昨天下午一直睡到现在吧？我正要上去摇醒他，旭冬拿着条毛巾走进来说道："你就别叫他了，又折腾了一宿，刚睡下。"一边说一边打着哈欠。

我问道："啥事啊，一宿没睡？"

旭冬说："你说啥事啊，还不是你们弄的那个抢劫案。昨天都快下班了，技侦那边来电话说监控的那个电话号码被激活了，信号出现在东站那边。威子就叫上我跟老张追过去了，那孙子都进安检了，我们差点就跟着他上火车了。"

我赶紧问："那人抓了吗？"

"废话，不抓能忙一宿吗？"

"那怎么不给我打电话？"

"还说呢，威子说你前天就弄了一天一宿，说让你好好睡一觉，这不就抓了我跟老张的壮丁。晚上下班你别走，怎么着也得去门口饭馆摆一桌吧。复印的材料都放你桌上了，你没事时看看。不行了，我这上岁数了，我也要睡会儿了。"

就这样，在开幕式前，我们还真就把这个案子给拿下来了。第二天一大早曹振明就找上门了，非让我把案件的侦破过程给他讲一遍，又复印了一份嫌疑人的口供。据不可靠消息说，曹振明回去后发了好一顿脾气，狠狠骂了他们队的人。这个案件过后很长一段时间，老李一直得意地把它挂在嘴边。

17　故意杀人案

最近队里还算平静，没有接到什么棘手的案子，唯一的焦点人物就是老张，因为他离婚了，六岁的儿子被判给了他老婆。老张个人倒是比较平静，说自己是净身出户，把房子给了他老婆，用他的话说是留给了他儿子。

我们这些小字辈的当然不敢过多地问原因，只记得那段时间老沈倒是经常请他出去吃饭。后来我们跟老沈打听原因，老沈只是说："老张说，反正干刑警的一天到晚回不了家，家里有没有他这个人都一个样。"

那个时候我们这些新来的都还没有结婚，自然还不能完全明白婚姻的规则。但我们能理解的是，虽然生活在一个城市，见面只需半个多小时的路程，刑警的老婆却经常十天半个月见不上丈夫一面，一个女人带着孩子确实有点难。原来有案子的时候，他老婆总会带着儿子一起给他送换洗的衣服或吃的什么的，本来还紧张压抑的办公室一下子就会变得欢乐满溢。你会看见老张一边吃着老婆买的水果还一边埋怨她多事，而嫂子则从来都不争辩，只是说儿子想爸爸了。当然，我们都知道，嫂子何尝不想老张呢。你会看见一个小不点儿跑过来跑过去地把带来的零食分发给大家，一会儿背首唐诗，一会儿唱首歌谣，在场的每个人都很享受这份轻松和温暖，也会暂时忘记案件带来的压力跟焦躁。当然，脸上洋溢着自豪跟幸福的肯定是老张了。他们离婚以后，我们再也没有见过老张的原配和儿子。我们唯一能做的就是希望他们一切都好！

其实，刑警对于离婚这件事看得还是比较开的。毕竟每个人的精力和时间都有限的，当案件来了的时候，我们只能有一个选择。

这天周末我们队值班，威子拿来了掌上游戏机PSP，正在跟队里的小年轻踢实况足球，我们大家都排队等待，谁输谁下，玩着的比画，看热闹的起哄。我们玩得正高兴呢，老李走了进来，对我跟威子说道："有个现场你跟威子先去一趟吧。"

我忙问："啥案子啊？"

老李回道："故意杀人。"所有人听后都是一愣，也停下了手里的游戏。故意杀人？

老王不知道什么时候突然从旁边的屋子里窜了出来，问道："就他们两个去啊？"

老李说："派出所报的是故意杀人，罪犯已经自首，受伤的人在医院呢，伤得不重。让他们先去看看吧。"

"哎哟，这个年代故意杀人还自首的，我还是第一次遇见呢。"我不禁感慨道。

老李说："那就说明你干的时间还是短，刑警干久了，什么新鲜事都能遇见。等都问清楚了给我打个电话啊，要真是故意杀人，我就派人过去支援你们。别愣着了，你们俩赶紧走吧。"

我跟威子路上一边看着警情简报，一边分析案情。

威子说："按照简报上的情况来看，这案子已经破了，那咱们过去给嫌疑人做份材料，再去医院给受害人做份材料，让法医给他做个伤情鉴定，就完事了。"

我说："要真是这样，那敢情好啊，但听老李的话，感觉没那么简单，而且我对这个自首的人很感兴趣。第一次遇见自首的，我要跟他好好聊聊。"

威子说:"我发现你怎么老爱跟这些嫌疑人聊天啊,案子破了不就完了吗,还能聊出什么新鲜的来啊?"

"能啊,与不同的人聊天就会了解更多的犯罪动机。你看啊,我觉得其实所有的犯罪行为归根到底可分为两种:一种是主观故意或者说预谋犯罪;另外一种就是冲动犯罪或者说激情犯罪,这种情况都是由于某些环境啊、语言啊刺激了罪犯,导致其一时冲动犯罪的。犯罪原因不一样,犯罪心理就不一样,只有了解了他们的犯罪心理,才能突破他们的心理防线,让他们交代犯罪事实啊。"

威子说:"你说的这些不就是国外那些侦探剧里的什么心理描写吗?"

我回道:"那叫侧写!差不多就是这个意思吧。"

很快,我们就赶到了派出所。

到了门口,已经有人在等我们了。我走近一看才发现竟然是郭志刚郭师父,我急忙走上前打招呼。

郭师父看见是我也很意外,把我从头到脚打量了一遍,说道:"嗯,可以啊,有点警察的意思了。早就听说你当了刑警,也不知道回来看看师父,临时的师父也是师父啊。"

我赶紧给威子介绍:"这是我在派出所实习时的师父。"又给郭师父解释道:"之前出现场来过咱们所里几次,但是都没遇上您的班,怪我了,等这个案子完了我请您到西门烤翅搓一顿吧。"

郭师父赶紧摆摆手说道:"行了,知道你们刑警忙,你还能认我这个师父,我就知足了。赶紧进去吧,值班所长正等你们呢。"郭师父说着带我们走进了派出所。

值班所长跟郭师父先给我们简单介绍了一下情况,事情是这样的:下午的时候,有人打110报警,说自己杀了人,派出所的人第一时间赶到了现场,当时受害人已经被120急救车拉到了医院,正在做手术。不久前，在医院守候的民警传来消息，说受害人脖子上有一处刀伤，伤口长3厘米左右，没有伤及颈部动脉，也没有生命危险。目前，报警人也就是犯罪嫌疑人已经被带回所里，因为是故意杀人案件，所以派出所第一时间将其上报给了刑警队。嫌疑人现在正在审讯室里押着，回来以后他一直坚持说自己杀了人。

我听完问道："找到凶器了吗？"

值班所长说："找着了啊。不过，奇怪的是，当时刀在受害人手里，是一把水果刀，上面有血迹。"

我继续问道："为什么凶器会在受害人手里呢？为什么那么肯定就是故意杀人啊？"

值班所长说："犯罪嫌疑人自己一直说他就是要把受害人杀了。我们也问了，他说刀是他自己为了杀人带过去的，后来被受害人抢了过去。"

我说："那杀人动机是什么？为什么要杀人？这些问了吗？"

值班所长说："那他还没有说呢。"

我又问道："郭师父，你这儿有受害人跟嫌疑人的基本情况吗？"

郭师父转身从桌子上拿起几张复印资料，递给我说道："都给你准备好了，你先看看。"

我伸手接过资料，认真地看完以后说道："行吧，先带我们去见见嫌疑人吧。哦，对了，是谁打的120急救电话啊？"

郭师父说道："也是嫌疑人自己。奇怪吧，我们也觉得奇怪，老觉得哪里不对劲儿！"

我说："那是挺奇怪的。"

值班所长说："这不是等着你们查呢吗？这是你们刑警的专业。"

走进审讯室，我看见铁椅子上坐着一个30岁左右的年轻人，戴着一副眼镜，穿着浅色牛仔裤和蓝色格子衬衫，看上去倒是干净利落，只不过两眼无神，根本看不出来他在想什么。

我将本子和接警记录往桌子上一扔，走到他身边先围着他转了两圈，他没有任何反应。直到我敲了敲桌子，他才抬起头看了我一眼，我问道："你说你自己杀人了？"

他冷冷地"嗯"了一声。

我说："那说说吧，你为什么要杀他？你们有什么仇吗？"

男子继续冷冷地说道："我现在就想知道他死了吗？他要是死了的话，我就跟你说。"

"哎哟，你还跟警察讨价还价呢？你啊，听我的，先冷静冷静，你是希望他死啊，还是不希望他死啊？"

男子说："我当然希望他死了，我就是要他死。他就是该死。"

我接着问道："既然你希望他死，那你为什么还要打120救他啊？"

男子沉默，不再说话。很明显，这里面肯定有问题。正常的话，如果预谋要杀掉某一个人，也不应该选择大白天啊，还是在闹市区，这不符合常理。而且，实施完犯罪以后打110投案自首，我能理解，但是该嫌疑人口口声声希望对方死掉，同时又打120对被害人进行抢救，这就有点说不通了。

我跟威子交流了一下，让派出所民警配合威子先给嫌疑人做一份材料，尤其要重点问一下嫌疑人跟受害人的关系以及存在的矛盾。只要知道了他们之间的矛盾，那么这个案子往下就好弄了。我给老李打了个电话，汇报了一下情况，让队里派人来所里支援一下，先对嫌疑人进行初步讯问，再联系一下技术队的人，对凶器上的血迹跟指纹进行提取和比对。我还想去趟医院，对受害人进行详细的询问。老李觉得我说得有道理，案子一定要查清楚，有任何疑点都不能轻易放过，一定要查实查明，包括技术队那边的证据支持，要跟现场和嫌疑人的口供绝对一致才行，办案必须严谨。

老李认为,首先要搞清楚嫌疑人打110报警电话跟120急救电话的时间,如果是先打的120急救电话,那就更加说明案件有问题,我们不能在主观上先认定犯罪嫌疑人的作案性质。另外,他要我去看看被害人的伤势如何,了解一下他跟嫌疑人之间到底有什么样的矛盾跟仇恨。任何杀人案件中都肯定存在矛盾,只有弄清楚双方之间的关系,才能将案件的真相查明白。没多久,师父马亮跟赵天成、老张他们就到了所里,我简单介绍完情况以后就拉上我师父直奔受害人所在的医院了。

路上我跟师父介绍了一下现在的案情和我的想法,问了问他的意见。我师父一边抽烟一边琢磨,然后跟我说:"这里面肯定有事啊。"

我侧目看了一眼正在抽烟并认真思考的师父,突然觉得老刑警的经验就是厉害,我这么一说师父就分析出这里面有事,忙接着问道:"师父厉害啊,那您赶紧给我说说,您觉得这里面有什么事情啊?"

师父吐了一口烟,看都没有看我就说道:"至于具体什么事,我不好说,你不是都问过嫌疑人了吗,我还想问你这里面有什么事呢。"

我接着道:"合着您没分析出来啊,那您就说有事啊?我还以为您这老刑警真神了,听出点什么了呢。"

师父嘿嘿一乐,说道:"这跟是不是老刑警没啥关系,就算我不是警察,你给我说这事,我也觉得不对啊。故意杀人那肯定是要弄死对方啊!可你也说了,他还打120救了受害人,对吧?那就是怕对方死啊。再说了,咱们弄了那么多案子,哪个犯罪嫌疑人杀了人不跑啊?而且,你刚才不是介绍了吗,这两个人都有不错的工作,本身没有交集,对吧?但是,他们的社会关系呢?他们的家人啊、朋友啊,是不是有交集呢?要查的事情不少呢。"

我说:"师父,那您老人家也要辛苦了。"

"没问题啊,我肯定配合你,你出的现场你主责。再说了,现在摆在面上的问题就不少,先把这些不合理的事情弄明白吧。"

"得嘞。"

到了医院,我们先找到受害人的主治医生了解了情况。据他说,受害人已经做完手术了,伤并不是很严重,目前能接受询问。我们又调取了嫌疑人拨打120跟110的时间,对比了一下,发现他是在拨打120电话后过了两分钟才拨打的110。随后医生带着我们直奔病房。

快到病房门口的时候,我发现受害人病房外的楼道里有一个姑娘在哭。我一开始并没有太放在心上,毕竟在医院这种地方哭泣也算正常的事情。我推开病房的门,屋里躺着一个病人,旁边坐着一个年轻的姑娘,也在哭。医生走了过去,向对方讲了我们的身份后他就出去了。我们连忙上前,出示工作证后就开始跟对方询问情况。

受害人三十多岁,是一家网络公司的部门主管,旁边那个姑娘是他的妻子。我们先请他的妻子回避一下,因为可能会涉及被害人的一些隐私。他妻子看了一眼丈夫,对方示意她先出去,她就出去了。我跟师父坐在对面的床上开始询问。

"你的伤怎么样啊?能跟我们交流吧,毕竟是脖子受伤了。"受伤男子说道:"可以,可以,没什么事情,医生说不是很严重。"

"那就好,伤害你的人,你认识吗?"

受伤男子回道:"我不认识,之前没有见过。"

"不对吧?一个陌生人为什么会对你下手啊,你再好好想想,是有什么仇,还是有什么纠纷啊?"

受伤男子说:"我真没见过他,他为什么要杀我,你们要问他啊?!对了,你们抓到他了没有啊?"

"人已经抓到了,你放心。但是,你要跟我们说清楚,无冤无仇的,人家不可能在大马路上就找你,对不对啊?"

受伤男子说:"警察同志啊,我都说了,我真不认识他……"

他还没有说完，突然病房外的楼道里传来两个女人的争吵和厮打声。我连忙放下手中的笔录本子，出去看发生了什么。

只见楼道里有两个年轻女人正在厮打，其中一个就是受害人的妻子，另外一个则是之前我们过来时在楼道里独自哭泣的年轻女人。我急忙上去将两人拉开，受害人妻子的情绪明显很激动，对着我喊道："警察同志，你要把她也抓起来，就是他男人用刀扎的我老公，她就是帮凶，她是狐狸精，你们要把她抓起来啊！"

我师父连忙小跑过来，将受害人的妻子拉到了一边。我看着另外那名女子，她的头发已经被抓乱了，身上的衣服也被撕坏了，一直在默默地哭。我问道："你们为什么打架？"那女子不作声，就是一个劲儿地哭，我赶紧亮明身份，又问道："我是警察，你认识里面受伤的人吗？"

女子听我这么一说，赶紧问我："他伤得重不重啊？你们让我进去看看他吧，我就是想看看他有没有事。"

"你跟他是什么关系啊？刚才他老婆说的是怎么回事？用刀扎伤他的人真的是你老公吗？"我一边问一边将她带到楼道里的安静地方。年轻女子只是一直在哭，对于我的问题没有任何回答。看着她的表现，我又想起了刚才受害人的老婆所说的话。

我再次语气坚定地问道："用刀扎伤受害人的是你老公吗？"哭泣的女人点了点头。

我突然感到特别愤怒，忍不住大声问道："你老公现在在公安局，你都不关心吗？你跑这里来干吗啊？"

可能因为我的声音特别大，我师父赶紧过来把我拉走，说："你注意点，这是医院，干吗呢你？"

于是我将刚才的情况跟师父说了一遍。师父说："你说完了？"

我说："我就是不明白，为什么还有这样的女人，自己的丈夫处于这样的境况,她竟然不闻不问,这都是什么事啊?"

"你冷静点,要真是她们说的那样,那这不就是这个案件的突破口吗?这不就是之前你说的不对劲儿的地方吗?等会儿可以把这个女的传唤到队里详细地问,这儿是医院,别那么情绪化。"

我深呼吸了一下,试着冷静下来,回答道:"行,那等会儿把人带回队里吧。这么看,这女的肯定跟这个案子有关。"

"行了,觉得有问题就去查,别着急下结论,等会儿先把受害人的材料做完了,再把她带回去好好问吧。"

虽然我心里还是有点不舒服,但从这个意外的情况分析,我对这起案件有了一种新的猜测。果不其然,我的猜测后来在询问受害人时得到了证实。

受害人也看见了刚才发生的一切,所以不得不交代了。原来,他跟楼道里的女子在单位里是上下级的关系,后来逐渐发展成了情人。起初,他也只是图新鲜,从来没有打算跟自己的妻子离婚,更没想跟那个女人有什么结果。而且,他在单位已经利用手中的权力照顾她了,他甚至觉得他们之间已经形成了某种默契。但是,那个女人最近不知道为什么开始反复提及"想和老公离婚,跟他结婚",他对此也十分烦恼。而且,从上个月开始,就有一个自称她老公的人不断给他打电话、发消息,让他不要再跟自己老婆纠缠,不要影响他们夫妻之间的感情。他就如实说不是他的问题,而是这个女人总来纠缠他。

我问道:"那今天用刀扎伤你的人是对方的老公吗?"

他说应该是,但他们之前没有见过面,是对方给他打电话约他到公司楼下的花园见面的,说要把事情说清楚。他下楼以后就发生了后面的事情。

听到这里我问道:"对方扎伤你的刀是他自己带去的吗?"

"刀是我拿下去的。"

"你拿下去的？你为什么要带刀？"

"他来找我，我肯定害怕啊，谁知道他要干什么，所以我就随手从公司茶水间的水果盘里拿了一把水果刀防身。"

"那为什么刀会到了他的手里？"

"是他抢过去的！他要杀了我，你们必须严惩他啊。"

"怎么处理他是公安机关的事情，我现在需要你给我讲述一下当时的具体过程。注意，你要讲实话啊！"

受伤男子说道："我讲的都是实话，刀就是他抢过去的，我脖子上的伤就是证明。"

"那你们之间有过争论吗？或者激烈的争吵？"

受伤男子说："他很激动，说我勾引他老婆什么的。我已经跟你们说了，是他老婆勾引我的。她天天烦我，我能怎么样？"

"你当时怎么跟对方说的呢？"

受伤男子说："我当然实话实说了，我让他管好自己的老婆。没说别的。"

"我要提醒你，虽然你是受害人，道德问题我们没有办法处理，但这不代表你可以不说实话。你必须如实回答我的问题，如果你故意隐瞒事实真相，一样也要受到法律的制裁，你明白吗？"

受伤男子沉默了一会儿，说道："争吵肯定是有的，不过也就是说话声音大了一点而已。"

"那你详细说一下，为什么你带的刀会到对方手上？你能听明白吗？我说得已经很直白了，应该不难理解吧？"

"我明白。当时我们确实吵了几句，我说'你的女人你应该自己管住，跟我没有关系'。"

"你确定你是以这种语气说出这句话的吗？别再让我提醒你。"

"大概是这个意思，可能当时说得比较难听，我记不太清楚了。

是他先上来用手抓我衣服的，我才从兜里拿出刀，本是为了吓唬他一下，让他松手。结果，我也没看清楚刀怎么就让他给抢过去了。"

"然后呢？"

"然后他就要杀我啊！您看我这伤。"

我打断他，说："我知道你受伤了，他夺过刀以后扎向你的时候说什么了吗？"

"那我记不清楚了。"

"那你知道是谁给你打的120急救电话吗？"

"我当时一见血就有点晕了，不知道是谁打的120急救电话。"

"你确定你不知道吗？"我一边说一边死死盯着眼前这个受害人。

"哦，好像是他打的电话。"

"什么是好像？发生这一切的时候，你们身边有别的人吗？"

"没有别的人，是他打的电话，我想起来了。"

拿着做好的笔录、带上嫌疑人的老婆回单位的路上，我从反观镜里看了几次后排座椅上的女人，她一直保持着低头沉默的状态。我不知道她现在在想什么，但是我能感觉到她对受害人的关心绝对远超过对她那被关起来的丈夫的。

我们回到队里时，威子他们已经带着嫌疑人回来了。我先跟威子、师父马亮和赵天成碰了一下目前的情况，给老李进行了汇报。老李听完问我们："你们觉得，从目前来看，这个案子构得上故意杀人吗？"

没等他们几个说话，我先说道："现在还不好说，我觉得可能够不上吧，虽然目前嫌疑人承认自己想要杀死受害人，但是作案地点是个闹市区，而且作案凶器，也就是那把刀，现在也说不清楚来源，嫌疑人跟受害人都声称那把刀是自己带到现场的。此外，民警到达现场的时候，那把刀确实在受害人手中。嫌疑人第一时间打了120急救电话，还主动投案自首，这都说明这里面有问题。"

老李问道:"这能说明什么啊?就算他不是事先预谋好的,但是人在情绪失控的状态下完全可能激情杀人啊,甚至会利用身边一切可以利用的东西作为凶器。我要的是有利的证据,你有什么证据能证明嫌疑人在伤人那一刻不是主观故意的?而且,你也说了,嫌疑人现在还在声称他就是想杀了受害人。嫌疑人为什么要这么说呢?还有那把刀,这么多问题都要去一件件地核实清楚。"

"那我等会儿再去问问嫌疑人,我觉得他还没有冷静下来,肯定没有说实话。"

老李问:"那他为什么不说实话呢?杀人罪跟伤害罪,他能不明白哪个重吗?"

"我觉得他可能是为了男人的尊严吧。"

我的话还没有说完,身边的威子和赵天成等人都说道:"不能太情绪化了,可从没听说过'为了尊严'能成为杀人动机的。就算他老婆跟受害人有不正当关系,但这是道德问题,我们还是要按照法律程序跟证据来办案的。"

正当我不知道该如何解释的时候,我师父说话了:"我觉得王晗说的有道理。"

赵天成说:"我说老马,你不能因为王晗是你徒弟就这么偏心啊,你是老刑警了,咱们办案要讲究证据啊。"

师父也不辩解,不慌不忙地从他包里拿出一份材料跟一份医院的手术记录复印件,放在老李面前,并说道:"根据医院的手术记录,受害人的伤口应该是由凶器向左横向运动造成的,接触面是刀锋的横切面,刀尖并没有进入皮肤,所以没有造成更严重的伤害。根据王晗给受害人做的材料看,是他先用右手拿出刀,然后嫌疑人才上去抢夺的,加之受伤部位在受害人脖子右侧,说明伤口是嫌疑人用左手跟受害人抢夺的时候造成的。威子,刚才你给嫌疑人做完材料后他是用左手还是右手签字的啊？"

威子想了想说道："是右手。"

马亮接着说："嫌疑人不是左撇子，那一个惯用右手的人，为什么要用左手夺刀呢？我想是因为当时事出紧急，嫌疑人的左手距离受害人拿刀的右手更近，使用右手夺刀根本来不及。这样来看，虽然造成了伤害，但并不代表嫌疑人是主观故意的。而且，受害人身上只有这一处刀伤，说明他倒地以后并没有受到二次伤害。所以，我才觉得王晗说得有道理。也许我们还有什么地方没有问清楚，也许嫌疑人还不能冷静地回答问题，真没准儿他就是为了体现一把男人的尊严才说是自己要杀掉受害人的。我们等会儿再去问问，正好他媳妇不也被带回来了吗？弄清楚了再定性吧。"

我说："那行，赶紧问吧，我这就去找一下嫌疑人，再好好问问。"说着就要起身。

老李说："行了，你先歇会儿吧。这样，威子跟赵天成，你们再去好好问问嫌疑人，让他说实话，也可以侧面跟他说一下他老婆现在的情况。咱们不能冤枉谁，犯了什么罪就应该承担什么后果。老马，你叫上思思，跟他媳妇好好聊聊。"

我问："为什么不让我问，我最了解情况啊？"

老李说："怎么着，你还不相信你师父了？你赶紧联系联系技术队那边，看看还有没有别的线索，指纹啥的查得怎么样了。他们提取嫌疑人的指纹了吧，有没有什么对比结果？对了，等会儿你再带着技术队的人去把受害人的指纹也提取一下，不是说刀是他带去的吗？"

我还想争辩，老李赶紧说："听安排，叫你去医院还有别的事呢，等会儿先提指纹，完事了给你师父他们打个电话，问问询问的情况。一旦有新的情况，那么受害人的材料也要重新做，明白吗？"

我明白了老李的意思，连忙联系技术队的人，告诉了他们受害人的病房号码，并说我马上就到。因为做材料需要两个人同时在场，于是我拉了旭冬当壮丁，路上又把情况给他说了一遍。等我们到了医院的时候，技术队的人正在提取受害人的指纹，说晚上出了结果就通知我。我则跟旭冬在病房区楼下等师父他们的最新消息。

我一根接一根地抽烟，心中总有一种说不出来的感觉，也许是对嫌疑人的同情，也许是对他老婆出轨行为的唾弃。总之，我心里很不舒服。旭冬问道："你想什么呢？"

我转头问道："冬哥，我问你个问题啊，你说你媳妇要是跟别的男人好了，你恨那个男人吗？"

"嘿，说什么呢？我还没结婚呢，咒我是不是？"

"我不是这个意思，只是问你的感受。"

"我不恨人家，这能怪人家吗？这是媳妇的事情啊，恨也恨不着人家，对吧？"

我伸手竖了个大拇指，说道："要不说你是我哥呢，觉悟就是高。"

"行了行了，别说这些没用的，来根烟。"我急忙把烟扔了过去。

旭冬一边抽烟一边说："这是什么事情刺激你了？"

"我就是有点不理解。"

"这有什么不理解的啊？这说明这个男人平时在家就没有什么地位，夫妻俩相比之下，一定是他更在乎他老婆。"

"你这不是废话吗？他老婆要是在乎他，能出轨啊，能不管他跑去医院看受害人啊？"

"你也别乱想了，等会儿看看队里那边能问出什么新情况吧，没那么复杂。"

正当我胡思乱想的时候，威子那边来电话了，说嫌疑人又交代了新情况。其实，他确实没想伤害受害人，只是想去找他理论，之所以选择在对方公司楼下见面，就是想告诉对方再不收手的话他就会找去他们公司。其实，他也就是想吓唬对方一下，因为毕竟他老婆也在那个公司上班，他自然也不想将事情闹大。

然而，让他没有想到的是，受害人并不买账，不但没有害怕之心，反而还羞辱了他，他才上前想动手打受害人。结果，受害人竟然掏出了一把水果刀，他是在上前抢刀的过程中无意划伤受害人脖子右侧的。看见对方流血了，他马上就打了120急救电话。对方见他害怕了，又对他进行了语言上的侮辱，说嫌疑人是个厌蛋，要是牛×就弄死他之类的话。他看见躺在地上的受害人脖子不停地流血，又想起对方对自己的侮辱，以及他老婆对他的鄙视跟背叛，才在打110报警的时候声称自己是故意杀人的，想着万一受害人真的死了，至少他可以在他老婆面前硬气一回。

听到这儿，似乎一切都能解释得通了。当前最需要的就是赶紧找受害人进行进一步的核实。当我们再次找到受害人的时候，很显然他显得有些紧张。我们又给他普及了法律知识，告知他如果隐瞒事实真相是要负法律责任的。他先说自己是因为受了惊吓才在警察第一次询问的时候没有交代完整，之后才将事实原原本本地讲出来，果然跟嫌疑人说的别无二致。

我们带着材料回到队里时，技术队那边来了电话。

他们在案发现场的凶器上提取到了两个人的指纹，其中一个是受害人的，但另一个并不是嫌疑人的。听到这里我想了一下，说道："根据受害人自己反映，刀是他从公司带下去的，是公司茶水间的水果刀。那么，另外的指纹就可能是公司的人使用水果刀时留下的。我这边会再联系一下派出所的人，让他们明天带你们去一趟那家公司，提取一下公司其他人的指纹，看看另外的指纹到底属于谁。"

之后的事情就很顺利了，到受害人公司走访以后，证明那把刀确实是公司茶水间的，技术队那边也在公司员工中找到了对应的指纹。

没想到一个看似是故意杀人的案子真相竟然是这样的。

案子完结以后,我特意找了个晚上去找郭志刚师父,请他去西门烤翅吃了个饭。郭师父让我以后就叫他老郭,别再叫师父了,说他没啥可教我的了。看见我现在的样子,他很欣慰,唯一不变的还是他之前一直强调的:"以后调查案子一定要注意安全。"我也回了一句:"您也一定要注意安全。"

当然,后来见到他的时候,我依然习惯叫他师父!

18　辣椒水

最近一个多月，我们全队都在跟进一个利用汽车干扰器开锁、盗窃豪车后备厢财物的团伙，该团伙近期在全市范围内多次作案。

大家都知道刑警的工作是要抓住嫌疑人，其实这只是我们工作的一部分，更多的工作是要核实案情，并且要固定证据。如果没有核实清楚案情，没有确凿的证据，就算抓获了嫌疑人，最终也会影响对嫌疑人的量刑。如果嫌疑人明明干了十起案件，最后却核不上的话，那就是我们的失职。最后抓人的那一刻应该是毫无悬念的，要让犯罪嫌疑人认罪伏法，接受法律的制裁。让犯罪嫌疑人承认自己的罪行、接受公正的审判才是我们追求的目标。整整一个月的时间，我们找人的找人，核案子的核案子，终于把这个团伙完全摸清楚了。

一早起来，老李就把所有人都叫到了办公室，一般这种全队聚齐的情况不是要开会学习就是有大的抓捕行动，大家这个时候一般都会很兴奋。之前总有人会问："抓人的时候，你们会害怕吗？"其实，刚当刑警的时候，大家抓人时都会害怕，手抖、脚抖都是正常的，但用不了多长时间就适应了，这种生理反应也会自然消失。而且，你还会很期待早一点见到嫌疑人，因为在大多数案件中我们的大部分工作就是找线索确定嫌疑人。这跟电脑游戏有点像，找了几十天线索才锁定的嫌疑人，谁不期待看看对方到底是谁呢。

老李还是习惯性地一边抽烟一边挠头，说道："最近这一个月大家都辛苦了。劲东他们那边一直在盯一拨利用汽车干扰器盗窃豪车后备厢财物的人，这都快一个月了吧？"说着李队长看了看姜劲东。

姜劲东点点头，说道："一个多月了。"

老李接着说："昨天技侦那边给消息了，今天这帮人要集体出来干活儿，大家今天先都把手里的活儿放一放，全队一起上，把人都给抓了。四辆车分四个组，等会儿每组都领一部电台。赵天成、刘博、老张、老沈，你们每人开一辆车。我们现在还没有完全掌握嫌疑人的人员信息，只知道嫌疑人今天所乘坐的车辆的牌照号码，所以抓捕的时候不排除嫌疑人会驾车逃跑的情况。你们几个车技好的，如果发生追逐的情况，记住群众安全是第一位的，不能给追惊了啊。路上要是有行人、车辆的话，宁可不抓也不能让群众有危险。"

听到这儿，张剑问道："那咱们等他们回家再抓？技侦那边不是能监控电话吗？干吗非要上路去抓啊？"

老李听到这儿说道："劲东，这个案子是你一直负责的，你给大家讲讲。"

姜劲东汇报道："老张，你先别着急啊，我先给大家说说。这帮人趁着事主锁车的时候利用汽车干扰器进行干扰，车主呢，以为自己把车锁上了，实际并没锁上，好多事主都是案发好几天以后才报案的。我们组一直在追查这个团伙，前两天他们又干了一起，这帮孙子在一个地下车库一把就盗窃了价值100多万的财物。本来想等摸清楚了再动他们，但这一把涉及这么大的金额，我们怕这几个人分完钱就跑。我们最近刚摸上来一个电话号码，这个电话是这帮孙子平时出来干活儿时才用的，他们都是每天出门以后才开机使用。他们干活儿时用的车也是每天临时找的黑车，没有固定的作案车辆，干完活儿当天黑车把他们拉到闹市区后车就走了。当天要是下了活儿，这个手机就不用了，再出来的时候他们就会换手机。这帮孙子精着呢，我这边带人都摸了一个多月了，也没找到他们的落脚点。但是，现在不抓不行了，他们真要是分了钱散了的话，那就更不好抓了。现在大概就是这么个情况。"

张剑说道："那他们肯定有前科啊，这反侦查能力可以啊。"

姜劲东点点头说道："所以说要赶紧抓啊。"

老李接过话说道："我为什么把大家都叫来先分工呢？因为之前劲东他们找到了一个黑车司机，据他反映，这个团伙一共有四个成员，出手大方，拉一天就是2000，他是在枫树街那边的一个车站附近接的他们。上车以后他们什么都不让问，就让司机拉着他们找高档商场之类的地方转悠，完事儿再把他们拉回市中心放下就行。小姜他们去枫树街那边看了，发现距离那个车站不到一千米处有一个洗浴中心，所以我们分析，这帮人没准儿就住在洗浴中心，但这都还说不好。上次那个黑车拉他们那天，我们查了，全市没有类似的报案，所以这个电话他们没准儿还在用，于是小姜他们就把电话报给了技侦那边。大家都等等，万一这个电话开机了，咱们立马赶过去，争取在他们进城前就把人给抓了。等会儿大家都收拾好家伙，拿上电台，先在那个洗浴中心附近的路口布置一下。千万注意安全。"

老李正说着，姜劲东的电话响了，他说了几声"好好好"就挂了电话，然后一边收拾桌子上的本一边说："那帮人动了，让黑车过去接他们呢，还是枫树街那边那个车站。司机说他大概半个多小时能到，咱们赶紧走吧？"

老李说道："快快快，拿钥匙走，有事到车上用电台说，频道都调好了。"

十几个人各自迅速收拾东西跑出会议室，我跟张剑、我师父马亮和姜威乘一辆车。这时候张剑特技驾驶的风采开始展现出来了，我们第一个冲上了环路，沈炼的车紧随其后，两个人平时就喜欢斗嘴，车技更是不相上下，都是学过特技驾驶的人。我坐在副驾驶，眼看车速一路上了180，已经到了队里规定的极限，虽然心里有点小紧张，但已经习惯了，因为每次抓人的时候我们都是在跟嫌疑人赛跑、跟时间赛跑。

电台里传来姜劲东的声音，他将技侦那边刚刚查到的嫌疑人将要乘坐的车辆型号、颜色跟牌照号码提供给各个组，方便大家等会儿寻找目标。四辆车又分成两组，张剑跟沈炼的车作为第一组尽快赶到现场寻找目标。按照姜劲东的指挥，我们跟沈炼的车几乎同时到了指定地点，我看了一下表，从出发到现在刚好半个小时。两辆车开始在路面上寻找目标，突然我眼前晃过一辆车，车牌号虽然只是一闪而过，但我下意识地认定就是它了。

我赶紧跟张剑说："从你左边过去的那辆好像是。"

张剑一个原地掉头就跟上去了。可能因为我们的车突然掉头让前面的车有了警觉，那辆车开始加速。我赶紧用电台跟大家通报位置，让沈炼他们过来堵截。前面的车越开越快，不过可以看清车牌号码，就是我们要找的那辆车。张剑开始疯狂地追赶，那辆车突然朝着城区的方向开去，这要是到了人多车多的地方就不好抓了。

我赶紧问张剑："你能给它撞停吗？"

张剑回答道："撞它总比让它撞人强啊。"

我赶紧用电台请示李队长，还没等我把话说完，我们的车直接就奔着前面车的左后方撞过去了，然后我就听见了"咣"的一声，倒没有发生电影里那种大家都蒙了的情况。前面的车经这么一撞横了过来，几乎是原地掉了一个头。

我们赶紧开门下车，去拉对方的车门，一边喊着"警察，别动"。可对方已经在里面将车门锁住了，我开始用手里的甩棍击打车窗玻璃，很快车窗玻璃就碎了。正当我要伸手进去拉车门的时候，张剑一把将我拽开，用手中的辣椒喷雾剂向车内狂喷。

接下来的一幕就有意思了，我瞬间感觉眼睛睁不开了，钻心地辣啊，嗓子也火辣辣的。原来我们站在下风口，现在逆风，所以喷雾剂不仅喷进了车里，还有很多被风刮了回来。因为担心嫌疑人逃跑，我们四个人各自控制一个车门，不让对方出来，一直等到沈炼他们赶到。

用沈炼的话说，他第一次看见这样感人的抓捕画面：车里的嫌疑人流着眼泪想跑出来，车外我们四个人流着眼泪堵着门不让他们出来。

老李赶紧安排人买了一箱矿泉水让大家清洗眼睛，但这个东西不是一时半会儿就能洗掉的，只能缓解。回去的路上，因为大家身上都有辣椒喷雾剂，所以车里那个呛啊，就别提了。我跟姜劲东负责开黑车司机的车，我坐在副驾驶的位置上一边流眼泪一边还要用手拉着副驾驶的车门，因为刚才不知道谁用力过猛将车门的锁给弄坏了，门锁不上了。

之后很长一段时间，大家一提起这件事情就要骂上张剑几句。张剑也不反驳，用他的话说，这是为了安全，四个人抓五个嫌犯，没把握，有装备为什么不用啊，只不过当时太着急没有考虑到风向的问题。但是，自从那件事以后，我们抓人时再没有用过辣椒喷雾剂。毕竟人在那种亢奋的情况下，很难考虑到要按照风向使用。

几个痛哭流涕的嫌疑人很快就交代了他们的犯罪事实，询问过程比我们想象中要顺利得多。看着嫌疑人集体流着眼泪交代犯罪事实的场面，我们也很感动，只能流着眼泪给他们做笔录了。将嫌疑人都送进看守所以后，我们几个人被老李"惩罚"了，他要求我们把队里的车都刷干净。正当我们发牢骚的时候，张剑一把拿过车钥匙，嘴里学老王念叨着"莫事、莫事"就出去开干了，而且干得很起劲儿。我们三个则端着水盆蹲在旁边，就那么看着老张刷车。他一边不以为然地刷车，一边哼着小曲。

这时候老沈叼着烟斗出现了，幸灾乐祸地说道："哎哟，老张同学，劳动呢？热情很高嘛！"

老张回道："少废话啊，我就是后悔啊，咋就没给你身上也喷点辣椒水呢？"

老沈说："放心吧，我绝对不会给你这个机会的，只有你这种粗人才能干出这种事。我要是你啊，就主动把洗车的活儿全包了。连累别人跟你吃瓜落儿，多不好啊。"

老张说道："对，你说得对，我一个人都刷了，没问题啊，我还觉得这几辆车不够刷呢！怎么着？要不你把你的车钥匙给我，我给你的车也刷了吧，就当过五一劳动节了。"

老沈听完很高兴地说道："你说的啊，等着，我给你拿钥匙去。"老沈说完转身就要去拿车钥匙，刚走两步又转了回来，说道："算了，算了，我还真不敢用您，你这突然献殷勤，我还真有点不适应，你肯定没琢磨好事。"

老张头都没回，说道："算你明白，还想让我给你干活儿，我告诉你，那瓶辣椒水还剩多半瓶呢。"

老沈一脸识破诡计的得意样："哼，留着自己喝吧！"然后转身走了。

老张一看没有和他斗嘴的了，转身看着我们说道："怎么着？真让我这个老同志自己干啊？"

于是大家纷纷加入了"刷车行动"。

19　　　　　　　　　　　　　　　　　飞身一跃

最近一段时间，全市接连发生了多起盗窃、抢劫施工工地的案件，嫌疑人多为团伙作案，有作案车辆，还都备有凶器。他们一般都会深夜直接开车进入工地实施盗窃，如果盗窃时被发现，他们就会对工地人员进行殴打，这样一来案件性质就会由盗窃转为抢劫。而且，他们动手时手段凶残，已经有几个人被打成了重伤。

这样的恶性案件自然会让我们刑警来办。大家汇总完案情以后认为这就是一帮文化程度低且盗窃手法没有一点"技术含量"的犯罪分子。为了偷盗一点工地上的原材料，他们竟然不惜持械伤人，一看就是不懂法的人，因为如果只是盗窃的话，案子本身并不是很大，但如果盗窃行为升级为抢劫并造成伤害的话，那罪可就重多了。

查这种案件一般都是两边同时进行，一组人去案发地周边寻找视频证据，一组人去查销赃渠道。很多时候我们都是先从销赃地点访查出线索的，这次也不例外。三天以后，我们在一个废品收购站找到了线索。最近一段时间，有人开着一辆改装的面包车到这里贩卖过两次建筑工地上施工用的钢筋。其实，收购站的老板很清楚这些建材来历不明，但因为有利可图他自然也就收了。他还留了对方的电话号码，并约定后续还可以收购。这一下我们的工作就好开展了。

因为我们只有一个电话号码，李队长的思路是，要抓就得抓现行。根据我们掌握的情况，对方大概有四五个人，平时分散在各处，因此我们只有等他们再次作案的时候才能将其一网打尽。而且，如果抓到现行，审问的时候也相对容易。所以，我们接下来要做的就是等待技术部门的消息，等待嫌疑人再次集体作案。

果然没过几天，好消息就来了。嫌疑人开始纠集人马，准备对我们辖区内的一个工地下手。李队长让大家白天都抓紧时间好好休息，晚上行动。晚上10点半，李队长把大家集合起来，全队人基本上都到齐了。因为是深夜抓捕，又是在工地上，而且嫌疑人持有凶器，李队长就让刘博和赵天成去支队领了三支枪，两短一长。我来刑警队五年多了，持枪证也在手里两年了，这还是第一次在执行任务的时候摸到枪，所以比较兴奋。

李队长看见我跃跃欲试的样子，说道："怎么着？等会儿你负责这支79冲锋枪，刘博、赵天成，你们一人一把短的。不到万不得已，千万别开枪，不然回来还要写报告。用枪主要是要震慑嫌疑人。"

正当我兴奋地抚摸着枪管暗自得意的时候，沈炼凑过来说道："你说你也干了好几年了，怎么还这么不成熟啊？又不是去打仗，还领把长枪？我跟你说啊，保险管好了，不到现场别装弹夹。抓人的时候千万千万别乱开啊。"

我好奇地问道："那我拿枪干吗？"

"老李不是说了吗，主要是震慑对方用的。"

"那他们要是不害怕继续跑呢？我怎么办？"

"你这不是长枪吗？可以当棍子用啊，绝对好使。"

李队长听完说道："老沈说得有道理，弹夹千万别着急装，万不得已要开枪的时候一定要仔细观察，前面要是有咱们的人，千万别开枪。枪口一定不能对着自己人，这是大忌。"

听这两个大哥这么一说，我都有点后悔拿枪了。一路上，我紧紧抱着这支枪，也没敢装弹夹，我感觉枪已经变成了一种负担。

我们到达现场的时候是凌晨1点左右，大家都紧紧地盯着工地的状况，直到凌晨3点，一辆面包车出现在了我们的视野中。看见车开进了工地，电台里传来李队长的声音："十分钟以后开始行动，进行抓捕。"这是为了给嫌疑人点时间，他们到现场后一般也要先观察一下，再下车实施犯罪。

十分钟以后，全队十几个人从四个方向冲进了工地上的一个仓库。几支手电同时打开，"别动，警察！"的喊声此起彼伏。只见几个人影开始慌乱地逃窜，换作平时，我早就冲上去了，可今天拿着枪的我反而有点不知所措了。我只能大喊一声："别动，再跑我就开枪了！"说完便扬起了手中的枪。

就在这时，一只手从后面按住了我拿枪的手，我回头一看是赵天成，他紧张地说道："别开枪，你没看见这仓库里都是钢筋吗？容易跳弹。"说完就冲上去追捕嫌疑人了。

我赶紧将手中的枪向身后一背也追了上去。

整个仓库很大，只有我们带的几把手电的光束晃来晃去，很难一下看清嫌疑人的准确位置，只能凭借声音判断方位。我先是配合沈炼和张旭冬将一个嫌疑人制服，之后开始寻找其他嫌疑人。大家基本上都是靠喊声来寻找自己人的方位的，"我抓到一个"，"我这儿有一个"……大家开始报数。也就过了大概不到五分钟，我们就已经抓获了四名嫌疑人。

这时李队长让大家集合，并将其中一个嫌疑人带到一边突审，问他今天来了几个人，对方回答说："五个。"李队长将我们按两人一组进行了分组，留下其中四组看守抓获的四名嫌疑人，组织其余的人继续搜捕最后一个嫌疑人。他嘱咐大家别着急、仔细搜，那个人肯定没有跑出仓库，因为仓库大门处有张剑跟王肖把守着。

当我们几个人拿着手电快要走到一个角落时，一个身影突然出现并向仓库外狂奔。老沈手疾眼快地追了上去，我也赶紧跟上并向大门口的方向大喊:"老张,人向你那儿跑过去了,拦住他!"我一边喊一边跟着老沈追了过去。

不得不承认,这些盗窃犯的身体素质真是超乎想象的好。我曾亲眼见过盗窃嫌疑人徒手从外立面爬上老旧楼房的四层,还抓获过两个自身体重只有120多斤却能将300斤的保险柜搬出围墙的嫌疑人。在对他们来说生死存亡的时刻,他们的意志力就更加强了。

张剑跟老王守在门口竟然没有将对方拦住,让嫌疑人冲了出去。这下我们只能跟着追了,老沈最快,张剑因为离得近所以排第二,我因为还要挎着枪所以排在了第三。四个人变成一条线跑上了。因为是工地,所以地面坑坑洼洼的,我跑着跑着突然看见前面的张剑站住不动了,我赶紧停下来问道:"你咋不跑了?"

张剑回答道:"人怎么不见了啊?刚才还在我前面呢,一下子就没了。哎,老沈也没了!"

正当我们慢慢寻找的时候,前面的下方传来了老沈的喊声:"老张,你们别往前跑了,这儿有个大坑,赶紧给我扔个手电下来。"

我和张剑这才注意到,前面大约五六米的地方果然是一个大坑,准确地说是一个楼房的地基。我手中有手电,赶紧向下照去,看见老沈正用手机的手电给我们示意。

张剑问道:"你追的那个孙子呢?"

老沈还没说话,就听见坑里传来一个声音:"警察同志,我在这儿呢!我的腿好像折了,你们赶紧来救救我吧!"

我急忙用手电循着声音照过去,果然,距离老沈不远的地方坐着一个人,正用手捂着一条腿动弹不得。这时候我才注意到,这个坑有将近三四米深,真是难为我们老沈同志了。

等大家将嫌疑人都带回队里,张剑跟沈炼说:"可以啊,这么高你还真敢跳啊?你也不看看那坑底下有什么?"

老沈一撇嘴说道："我看得见吗？我追着追着发现他不见了，这才停下来，一看是个坑。我寻思了一秒钟，怎么也不能让他跑了，多丢人啊！再说了，嫌疑人都敢跳，我有什么不敢的？"

我赶紧说："沈哥，还是你厉害，他的腿都摔折了，你看你都没事。"

老沈一摆手，说："狗屁，我问他了，那孙子就是没看见坑直接掉下去的。好在我是有准备才跳下去的，要跟他一样，也是直接掉下去的话，就我这一把老骨头，最起码要维修保养两个月。"

张剑拍拍老沈的肩膀，说道："老李要是真能让你休息两个月，那还不给你美坏了啊？不过，话说回来啊，今天你真够意思，还知道在底下喊一声，让我们注意呢，不然我这要是一个不注意掉下去，可不是骨折那么简单了。休息不休息倒两说，搞不好照片就要上墙了。"

"对啊，你说得很对啊，那你这个意思是欠我条命呗，那我可要认真想想你该怎么报答我了。"

"放心放心，只要不是花钱的事，你随便说，嘿嘿。"

"我就知道您老是个讲究人，也不愿意欠咱人情，我就一点小事儿要拜托你。我保证这事儿绝对是您专业领域内的，不用花钱。就是我那车最近发动机有点脏，你看看能不能用牙刷给伺候一下啊？"

张剑没好气地说："你这绝对是趁火打劫，想得美啊你，牙刷伺候是只有我们家的宝贝才有的待遇，你想都不要想。要不这样，为了欠你的这条命，我也坏坏规矩，就咱们队胡同口的那几家饭馆，你随便点吧。"

"得了得了，我就知道你不同意。请客吃饭也行，你选个其他地方吧，门口就那么几家，都吃多少遍了。但是，可不能就请我自己啊，小哥儿几个也不容易，都带上吧。"

"你这是拿我走面儿啊！那就羊肉串吧，每个人限量最多20串。

行就行，不行拉倒！"

"再加10个大腰子。"

"成交！但是，你要带酒。"

夏天的晚上，坐在露天大排档喝着啤酒撸串是一件很惬意的事情。吃饭倒在其次，主要是喜欢这个舒服劲儿。闷热的夏天，谁也不愿意坐在屋子里，路边小桌子一支起来，摆上各种串儿，再加上花生、毛豆、拍黄瓜、拌萝卜皮，每个人脚下再摆上几瓶大绿棒子啤酒，这整个就是一场饕餮盛宴。凉啤酒伴着插科打诨，得劲儿！

老板跟我们这些人已经是老相识了，不光是他，对于整个胡同口的这几家饭馆来说，我们都是老主顾。因为胡同算不上很宽，所以每家门口只能摆上那么几张小桌子。正当我们边喝边聊的时候，突然一辆桑塔纳从我们身边经过，因为都是土路，所以难免会扬起一些尘土。我们看都不用看就知道是警队的车回来了，因为胡同里只有我们一家单位能进车，正想互相问下是不是哪个队又抓了人，忽然听见身后的一桌有人开始骂街了。

"哪来的傻×啊？没看见老子他妈正吃饭呢吗？这他妈是不想活了啊，老六，看见刚才那个车开哪儿去了吗？"

另外一个声音搭话道："大哥，看见了，开进胡同最里面了，您说怎么着？咱们进去找丫的去？"

我们赶紧回头望去，只见五六个人光着膀子围在一张桌子前，其中几个人身上还有文身。于是，大家都放下了手中的酒杯，想看看这哥儿几个想怎么作妖儿。

烤着串儿的老板一看我们都回头了，就赶紧走过去劝那哥儿几个。"我说，行了行了，哥儿几个啊，人家也不是诚心的。这路就是这样，只要一过车就会有土。你们这个菜要是脏了，我给哥儿几个换新的，都少说两句。看我面儿，算了行不行？"

没想到老板这份好心换来的却是对方更甚的嚣张气焰。其中一个尖嘴猴腮的人可能是想表现一下，一下子站了起来，扬起手中的啤酒瓶，指着老板说道："跟你丫没关系啊，怎么着，你认识刚才进去的车啊？那就更没完了。你赶紧告诉我他们是干吗的，等会儿带我们进去找他们去，要不然我们给你丫的摊儿砸了，你信不信？"

老板听他这么说也有点来气了，说道："我倒是能带你们去找，我就是怕你们吃亏，知道吗？听我的，要是不愿意吃了，就赶紧走吧，我也不收钱了，行不行？当我请客了。"

有的人就是这样，你越客气，对方越蹬鼻子上脸。那个举起酒瓶子的人还没说话，一个光头、戴着大金链子的人站了起来，摸着光头斜着眼睛，用手一指老板说道："你要这么说，我今天还非得较这个劲儿了，我们哥儿几个在这片儿怕过谁？你不是怕我们吃亏吗？我还告诉你，你不用怕，我们这辈子就没吃过亏。"接着他转身对那个尖嘴猴腮的人说道："老六，打电话叫人都过来。我今天就是要看看谁他妈会吃亏！"

他说完又对着老板喊道："你他妈赶紧告诉我刚才过去的人是干吗的、是不是住这里面。别说没给你机会啊，要不然等会儿兄弟们都到齐了，连你他妈一块儿收拾。"

老板无奈地回头看了看我们几个，老张一扬头给了他一个眼色。老板跟充了气一样，整个人突然就硬气了，对着那几个小混混说道："我还真就不怕你们砸我的店，我真是为了你们好。既然哥儿几个这么说，那我就告诉你们。你们不是问我认不认识刚才过去的车和人吗？我还真认识，而且还挺熟的，你们要是愿意找人来呢也随便，我就是不信你们真敢进去。这胡同里就只有一家单位，叫公安分局刑警队。你们自己看着办吧，我他妈劝你们就是多余。"话一说完，老板便不再理会那些人。

那几个小混混显然没有想到是这个结果，相互商量了一下，最终还是那个叫老六的走到老板旁边说道："您给结一下账吧。"老板正低头烤着串儿，头都没抬地回答道："屋里边结账去，没看我这儿忙着呢吗？"

最终，那几个人臊眉耷眼地结完账走人了。

老板看他们一走，赶紧一边擦着手一边走过来问道："行吗，哥儿几个，我这话说得够硬的吧？"

我们几个只是笑笑，只有老张搭话道："行什么行？没看见我给你使眼色吗，你说什么刑警队在这儿啊？这帮人一看就不是什么好人，你就不应该拦着他们。让他们叫人来啊，最好都带着家伙，回头一下全给拿下，就着这个事儿好好收拾收拾他们。这都什么年代了，还他妈的玩黑社会这一套呢！这下倒好，让你给吓跑了吧？这要是真来打砸刑警队，那得刑拘多少人啊！"

老板显然完全没有料到老张会这么说，一下子愣在了当场，有点不知所措。

老沈说道："行了，一帮孩子知道怕了就行，我们公安机关不仅要打击还要教育。你看你不依不饶的样子。"我们几个听完都笑了，连忙跟老板说："他逗你呢，陪他喝一杯就没事儿了。"

老张听完突然一拍桌子说道："谁说喝一杯就没事了？"我们也是一愣，以为老张是来真的了。

只见老张眉毛一松，嘿嘿一笑，接着说："必须喝一瓶，我先干了啊！"

老张说完拿起一瓶啤酒就给吹了，剩下还愣在当场的烤串儿老板独自凌乱。

20   惊心动魄

做刑警的这些年，总有不同的人问我什么案件最难、最苦、最累，我总是想都不想就告诉他一定是绑架案。不管你看过什么样的小说、什么样的影视剧，再高水准的艺术加工，都不可能还原我们这些真正参与侦破绑架案的刑警的那种状态。

绑架案和其他案件最大的不同在于，遇到绑架案时你脑子里首先考虑的不是如何将嫌疑人绳之于法，而是如何确保人质的安全，侦破过程中流逝的每一分每一秒，都像刀架在脖子上一样，充满危险。

我们面对过很多恶性案件，经历过很多常人难以理解的现场。

三九天的寒冬，为了蹲守，我们几个人蜷缩在车内，为了隐蔽不敢开暖气，一连就是十几天。我们会觉得冷，可是我们不会因此抱怨。

三伏天的酷暑，为了不遗漏一点证据，我们可以在严重腐烂的尸体周边用双手一点点地摸索雨后的土地，我们也会感到恶心，可是我们不敢有一丝懈怠。

面对这些，我们都能从容应对，但是一旦遇见绑架案，所有人的心都会悬起来，所有人都像变了一个人，没有人再开玩笑，没有人会多说一句废话。因为我们知道一个生命的重量和价值。

这天中午，大家刚从食堂吃完饭回到大办公室，正在吵吵闹闹地聊天。突然，老李脸色铁青地从他办公室出来，通知所有人集合："绑架！马上出发。"

大家立刻严肃起来，全队立即出发赶往案发地所属的派出所。一路上车里鸦雀无声，沈炼将车开得飞快。换作平时，他这样开一定会被抱怨，可是现在大家甚至希望能再快些。

在派出所的会议室里，所长用最短的时间介绍了案情。报案的是一个女人，她目前的工作是给一个私企的老板做司机。今天早晨，她带着自己的儿子先去了她老板家接人，然后顺路将孩子送往学校。她儿子目前上小学二年级。大概上午10点左右，她接到一个陌生来电，对方是一个陌生男子，声称自己绑架了她的儿子，让她不要报警，并准备赎金100万，然后等着对方再次联系她。女人立即询问了学校，学校说今天没有看到她儿子来上学，事主一下就傻了。

本来女子不想报警，大概中午12点多的时候，对方再次打来电话，询问赎金准备得怎么样了，女人告知对方自己只是一个下岗的女工，现在在给别人打工当司机，实在凑不来100万。对方回复说只给她24小时，明天中午12点前必须凑齐赎金，并到指定地点完成交易，不然的话就撕票。

全家再次商量以后，觉得实在凑不出这笔赎金，才选择打电话报警。目前她不敢直接来所里，怕对方知道以后对她的孩子下手。情况大致就是这样。

老李眉头紧锁，说道："孩子的情况核实过了吗？"

所长回答："管片民警第一时间就去核实了，老师说确实一早就没有看见孩子来上学。现在他们正在调取学校门口的监控录像，等会儿就能回来了。"

"那这个事主的情况，咱们了解得怎么样啊？"

"事主只是在电话里说她就是一个下岗女工，最近才找到这个给老板开车的工作。由于对方情绪比较激动，很多事情我们还没有问清楚，具体情况还在核实。"

所长停顿了一下，接着补充道："对了，忘了说了，她的老板也是个女的,所以才找了个女司机。别的就不太清楚了。她在电话里说绑架的人跟她讲,会安排人在他们家周边监视她,只要看见她去公安局或者有警察上门就直接撕票,所以她也不敢来派出所。我们这边赶紧就上报刑警队了,等着你们拿主意呢。"

老李点了一根烟,思考了一下后马上开始布置:"王晗,你跟老王一组,记一下事主的电话跟家庭住址,先去一下事主家。去的时候先在周边转两圈,看看有没有可疑的车辆和人员。确定没有人盯了,再进门,了解详细的情况以后马上通知我。尤其是一定要问清楚她最近从家出门去雇主家接上雇主以后再去学校送孩子的行车路线。"

李队长吸了一口烟,继续说道:"赵天成、马亮跟威子去一下学校,再进一步了解一下孩子在学校的情况。所里不是已经开始调取学校门口的监控录像了吗,你们在学校周边观察一下,看看什么位置的监控探头可能会记录早晨的情况,把位置都记清楚了马上汇报给我,我安排所里的人按照位置去调取录像。"

"老张跟老沈、小辉、旭冬,你们几个去事主的雇主家和她家小区周边走访,我觉得嫌疑人实施绑架应该会有作案车辆,很有可能会尾随事主的车,这样的话,嫌疑人之前就很可能会在雇主家周边进行观察。然后询问一下周边有没有目击者在这段时间看见过什么可疑人员和可疑车辆。还有要及时跟老王他们联系。让他们给你们提供事主平时从雇主家到学校的行车轨迹,尤其是这几天的,根据行车轨迹寻找可能拍摄到画面的监控视频,摸清楚以后第一时间给我说,我安排人去调取录像。"

"刘博,你们几个人跟着我,马上联系技术侦查部门,对事主的电话往来进行布控侦查。估计今天晚上或者明天早晨,绑匪一定还会来电话。再有就是,对事主本人跟她雇主的社会关系进行筛查,看看能不能发现什么线索。赵所长,你这边安排两组人待命,等消息回来，一是需要你们协助调取监控录像，二是配合我们行动。"

老李布置完工作后，大家立刻行动起来。去往事主家的路上，我跟老王基本上没有什么交流，各自沉默不语。我脑子里一直在想是什么样的人会对一个这样的普通家庭下手，还索要100万的赎金，如果不是有仇的话，那么一定就是绑错了目标。

我想，等下应该要先问清楚事主家是不是有什么仇人，如果是仇人报复的话，案件就会相对简单一些，因为任何人的交际都是有迹可循的。如果真的是绑错了，那么对方的预定目标就应该是事主受雇的雇主，只不过嫌疑人阴差阳错地以为事主开车送到学校的孩子是她雇主家的孩子。如果是这样的话，我们应该再分出一组人去雇主家走访雇主的个人情况，万一是她的社会关系中的仇人呢？想到这儿，我把想法跟老王交流了一下，他也觉得这很有可能，让我赶紧给老李打电话说一下。

拨通老李的电话后，我将自己的想法向他进行了汇报。他说他已经想到了，而且联系了支队，让沈帆带着他们队过来支援。他们队的重点工作就是对事主雇主的社会关系进行摸排。不过老李在电话中告诉我，虽然他个人认为绑错目标的可能性很大，但是实施绑架的人认识事主雇主的概率并不高。

我好奇地问道："为什么？"

老李并没有直接回答我，而是告诉我："你现在最重要的工作是详细了解事主的情况，如果有可能，就把事主接回队里，先不要想太多，任何假设都需要证据的支撑。"

挂掉电话以后，我告诉自己，面对这样的绑架案一定要冷静地思考，不能因为过多的假设影响真实的判断。

快到小区的时候，老王让我先下车走到小区，绕着小区慢慢转几圈，看看有没有可疑的人员跟车辆。他则开车沿着小区转转，等会儿电话联系。下车以后,我并没有着急直奔小区门口,而是先到旁边的报摊买了一瓶饮料跟一本杂志,然后才慢慢悠悠地走向小区。其实,跟踪也好,化装侦查也罢,最重要的就是刑警本身的一种状态,这种状态很难用语言表述,是在长期实战中养成的一种状态,你既要显得随意又要能观察到你想观察的重点。俗话说一心不得二用,但是对刑警来说,很多时候都要有这种一心二用的本事。而且,这也是一个合格刑警的基本素质。有时候我们就像演员一样,不同的是,我们的表演不能出错,因为我们没有再来一次的机会。

我一边漫不经心地看着手中的杂志,一边走进小区,慢慢地转悠着。看到有人时,就会拿出手机故意假装打电话,大声地询问一个自己胡编的地址跟楼门号,再利用抬头寻找楼门号的机会观察周围的人,遇见可疑的人还要上前故意搭上两句话。

我把事主家周围认真仔细地观察了一遍,觉得没有可疑以后才走进楼道。事主家所在的小区是一个传统小区,大概有十几栋楼,都是那种只有六层、不带电梯的老楼。事主家在三楼,我走进楼道以后就开始快速地爬楼,一直爬到了六楼,路过三楼的时候也没有停留。我需要将整个楼的六层都先观察一遍,再次确认没有情况以后,我站在六楼楼道中间的窗户边上向外观察,同时拨通了老王的电话,将情况说清楚后让他进来。我就这样一直侧身观察着楼外的情况,直到看见他出现并走进楼道。直到确认他身后没有可疑的人员跟随,我才返回三楼跟老王会合。

碰面以后,我们双方都没有说话,这是长期养成的默契,我知道,他肯定也没有发现什么可疑的人员。于是我按响了事主家的门铃。

过了大概有一分钟,门才打开了一条缝隙,里面传来事主小心翼翼的询问声:"你们找谁?"

我赶紧掏出工作证,透过防盗门亮给里面的人看,并说道:"您放心，我们是警察，您是×点×分打电话报警的。我们来了解情况。"

对方很认真地看了我跟老王的工作证后才打开门。

我的第一感觉是，这是一个家境非常普通的家庭，小两居的房屋非常朴素，但是整个房间非常干净。一对中年夫妇惊慌失措地望着我们。客厅沙发后面的墙上贴满了事主孩子的各种奖状，看得出来他在学校是一个品学兼优的好学生。我顺手拿起电视架柜子旁边的一个小镜框，照片里是一个笑得很灿烂的八九岁的小男孩。我感觉心像是猛地被扎了一下。

还是老王先说了话，他从我手中拿过那个相框，问道："这个就是你们的儿子吧？"

女人赶紧回应道："这个就是我们的儿子，警察同志，你们一定要救救我们的孩子，我们就这么一个儿子。"她一边说一边哭泣起来。

旁边的男人赶紧搂住她，说道："警察同志，你们一定要想想办法啊，我们实在是拿不出100万，不然的话我们真的不愿麻烦你们。"

老王连忙安抚道："你们放心，我们的工作就是要把你们的孩子救回来，要相信我们。您也别哭了，你们抓紧时间把情况说一下吧，时间很紧张了，哭可解决不了问题。"

听到这里，女人才止住了哭声。

女人原本是一家企业的职工，前两年下了岗，今年才通过朋友找到这么一个给私企老板开车的工作。她干这个工作也是看中老板是女性，工作并不是很累，基本上就是两点一线：每天早晨去老板家接上老板送到公司，下班的时候再送老板回家。因为老板是女的，所以应酬也不算多，而且这个老板对她很好——可能是看在彼此都是女人的分上——很少让她加班。当得知她的儿子正在上小学以后，老板就允许她每天早晨开车时带上孩子。因为她家小孩的学校正好在老板每天上班的路上，可以顺便送孩子上学。事主一家因此对她老板很是感激。

我将事主每天的行车路线详细地记录下来,并第一时间让王肖联系了赵天成那边,方便他们寻找监控录像。王肖打完电话就在旁边跟事主的老公聊了起来。

我则继续询问事主:"你给老板开车有多长时间了?"

"到现在也只有5个多月的时间。"

"那你们平时有交流吗?"

"你指的交流是什么意思?"

"就是平时在上下班路上,你的老板会给你讲公司的事情吗?你有没有听到她说跟谁有什么矛盾?或者听到她说最近公司的生意有什么问题之类的?"

"聊天是有的,但并不是很多,没有听说过她跟谁有仇。我就是一个司机,也不能多说话。"

"那你们老板家里有没有孩子?"

"她家有孩子,但在国外上学,我都没有见过。"

"你给老板开的车是什么车型?"

"是一辆奔驰R350。"

"按照你刚才说的,这辆车基本上一直就是你开着,对吧?晚上送完老板后,你会把车开回家对吗?"

"是的,这辆车基本上都是我在开,周末也是停在我家这里,老板不会开车,所以才找我当司机的。"

"那你平时有没有不用接送她的时候?比如她要休息或者出差什么的?"

"有过,她不想去公司时或者休假时,就不用接送。"

"那你还会用这辆车接送你家孩子吗?"

"会的,因为老板跟我说过,看我不容易,她不用车的时候我可以自己开着用。"

"最近一段时间，你老板天天都上班吗？"

"上周她休息了几天，没有去公司，也没有用车。"

"哦，但你仍用车接送孩子了，对吧？"

"是的。不过，你这么问是什么意思？"

"我没有别的意思，我只是需要了解清楚一点。"我停顿了一下继续问道，"你回忆一下，你跟你的爱人有没有跟谁结仇？"

"我们都是普通的小老百姓，能跟谁结仇啊？我们已经想了很长时间了，真的没有仇人。"

"那你们在外面有没有跟什么人有债务上的纠纷呢？比如别人欠你们钱或者你们欠谁的钱。"

"警察同志，我们都是老实人，没有跟谁借过钱，我们也没有多余的钱借出去。"

"那你们有没有想过，为什么绑匪会选择绑架你家的孩子呢？"

"我们想了，绑匪一定是搞错了，可能是我开老板的好车惹的祸吧。他们一定是看见我开奔驰接送孩子，所以才觉得我们家有钱。我们要是有钱，肯定就给他了。我这实在是没有办法了才报警的。你们一定要想办法救救我的孩子，他才那么小，他学习可好了，你看这奖状，他还是大队长呢。"说着女人又忍不住哭了起来。

我跟老王赶紧又劝了半天。我问道："绑匪给你打电话时是打的家里电话还是手机？"

"打的是我的手机，自打我买了手机以后，就把家里的电话撤了，用不上。"

我跟老王商量了一下，觉得既然绑匪都是通过手机联系事主的，而且事主家里并没有座机，那完全可以将事主接回刑警队。这样的话，后面绑匪再联系她的时候，方便我们开展工作。老王又给老李打电话说明了情况，他表示同意。于是，我们又耐心地给事主一家讲清了并没有绑匪在暗中监视的事情，打消了他们的顾虑，才将他们接回队里。

我们回到队里的时候，老李和其他人基本上都已经回来了，而且市局技侦部门的同志也带着装备到了。

看见我们回来，老李问明情况以后去找事主聊了一会儿，然后让我跟老王去给事主做一份详细的询问笔录。技侦部门的同志一直跟着事主，对电话进行录音。

老李还对事主特别强调："笔录过程中如果有电话打进来，只要是陌生的电话，一定要马上接通，如果是绑匪的电话，就告诉对方自己正在凑钱，在到处跟亲戚朋友借钱，要强调自己一时半会儿拿不出这么多钱。而且还要强调自己只是一个给老板打工开车的司机。一定要要求跟孩子通话，尽量给我们多争取一点时间。"

刚说到这里，事主的情绪又开始失控了，抽泣着说不出话来。我赶紧上前安慰，并请她相信我们，我们一定会将她的孩子救回来。

事主一下子握住我的手说："你们一定能把我的孩子带回来，对吗？"

我坚定地点点头，说道："一定能带回来！"

这一份笔录我做了两个多小时。等我安顿好事主，拿着材料去找老李的时候，发现所有人都已经在会议室集合了。不仅有我们队的人，还有沈帆他们队的人，气氛很是严肃。我在每个人脸上都看见了"压力"两字。

见我进来，老李示意我赶紧先坐下，然后说道："这下人都到齐了，咱们现在从头捋一下。今天上午，事主第一次接到绑匪的电话是在10点9分，接到第二个电话是在12点32分，按照绑匪提出的明天中午12点交易的时间算，"说着他低头看了看表，"现在已经快晚上8点了，我们还有16个小时的时间。让咱们技侦部门的同志先介绍一下绑匪电话的情况。"

技侦部门的人汇报道："我们已经根据今天事主接到的两个电话进行了技术侦查，联系事主的两次电话来自两个不同的号码，用的都是神州行的卡。通话以后，这两部手机都已关机。现在我们还不能确定打电话者的具体位置。我们现在只获取到这些情况。"

老李继续说道："现在根据我们的人从学校了解回来的线索看，早晨8点学生都应该到校了，受害人的老师跟同学都反映今天早晨一直没有见受害人出现在学校。"突然，李队长转过头对着我问道："今天事主是几点离开她老板家的？几点把孩子送到学校的？"

我赶紧回答道："事主说她是早晨7点左右接上老板的，7点半左右把孩子送到学校门口的。"

老李接着说道："那么受害人被绑架的时间就应该是早上7点半到8点之间，我们推断绑匪应该一直在观察事主的车，看到事主离开以后便第一时间实施了绑架，因为孩子要是进了学校，想作案就很难了。那么，绑架时间应该就是事主刚刚离开的那段时间，我们暂定在7点30分到40分之间。大家都记住这两个时间段，等会儿先重点看一下这两个时间段内事主老板家周边跟学校周边的监控。现在，我们再分析一下这起绑架案的动机跟目的。大家都说说你们觉得是什么情况？"

赵天成首先说道："既然绑匪在电话中明确说了赎金的数额，那我觉得他们的目的就是要钱。至于作案动机，那要看看老王跟沈队那边了解的事主跟她雇主的情况。要是他们都没有明确的仇人，那就不是报复，还是为了钱。"

沈队长说道："我们这边详细地询问了事主的雇主，她在生意上跟生活中确实没有什么仇人，也没有什么经济上的纠纷。"

老王接着说道："我们这边也没有问出事主有什么仇人，而且事主家的经济状况很一般,没有经济上的纠纷。"

老李继续说道:"那咱们现在基本上能暂时确定嫌疑人的作案动机就是为了钱,而不是报复。如果是这样,在嫌疑人没有拿到赎金之前,受害人暂时应该还是安全的。"

大家都点头表示认同,他接着说道:"既然大家都认同现在我们掌握的情况和得出的结论,那么我个人觉得绑匪很可能是绑错了目标。很有可能是因为事主长期开着老板的奔驰车送孩子上学,无意中被绑匪注意到,误以为受害人的家庭条件非常优越,所以才下手作案的。按照这个侦查思路考虑的话,那么关键问题来了,绑匪会不会现在已经知道自己绑错了目标呢?因为受害人今年已经9岁了,肯定会跟绑匪讲家里的情况。到目前为止,绑匪还没有打来电话,他们现在会不会也在思考这个问题:绑错了人该如何收场呢?"

老王说道:"我要是绑匪的话,那么只有三种情况可选:一是直接放了孩子;二是降低赎金;三是破罐子破摔,撕票后一跑了之。最后这种是我们最不愿看到的情况。"

听到这里,所有人都沉默了。

我打破沉默说道:"我个人觉得绑匪选择第二种的可能性更高。"

听我这么一说,所有人都将目光投向了我。我继续说道:"很显然,这次绑架是经过精心设计的,并且有前期踩点跟选择对象的过程,只不过他们没有摸清楚情况。既然他们下了这么大的力气,肯定会选择要钱,就算知道自己绑错了人,也很可能只会降低赎金。既然今天上午10点打完电话后才过两个小时绑匪就再次打了电话,那么我认为早晨10点到12点半这段时间绑匪应该跟受害人有过沟通。这应该也是对事主的一个试探,看看事主有没有能力支付100万赎金。我觉得赎金的数量其实已经说明了问题。虽然我们觉得100万确实不是一个小数,但如果按照绑匪的预期来看,显然还是不多的。"

老李看着我问道:"你说清楚一点,为什么不多?"

"假设我们是绑匪,我们绑架的对象住在豪华小区,并且开着一辆百万级别的豪车,那我们会要多少赎金呢?要是我,500万我都嫌少,100万肯定是不够的。绑匪肯定是跟绑架对象核实以后才联系的事主,并且将赎金定在了100万。这说明绑匪完全是为了谋财,这样我们就有了和他们讨价还价的空间。"

会议室里,大家纷纷议论起来,有人觉得我说得有道理。老李一边抽着烟一边思考着,又转过头跟身边的沈队长交流了几句。

老李说道:"我跟老沈也同意王晗的看法。这么看来,我们应该先跟事主商量好,首先要保证受害人的安全,绝对不能让对方察觉事主已经报警了。按照事主真实的家庭条件,这100万应该不可能在24小时之内筹到。所以,绑匪再次联系事主的时候,我们需要事主针对赎金数量跟绑匪进行还价,多给咱们争取一点时间。我们缺的就是时间。另外,我认为对方肯定有作案车辆,所以只要能从监控视频那边查到车的线索,我们就应该能找到人。"

老王这时插话道:"我个人有个感觉啊,我总觉得这帮人肯定不是第一次犯罪。"

张剑纳闷地看着老王,说道:"老王,你的意思是,他们这些人之前就干过绑架吗?这两年倒是也有绑架的案子,可都破了啊?"

老王说:"你别着急,我的意思是,既然他们这帮人这么沉得住气,准备得这么充分,我们是不是考虑一下他们这些人或者说这些人中间是不是有人有过前科,倒不一定是干过绑架案,不然能这么沉得住气吗?刚才技侦部门的同志也说了,对方两次联系事主的手机号码不一样,那说明他们是经过充分的准备才作案的,具有一定的反侦查能力。我们要注意这个细节,一定要查一下刑满释放人员这条线索,说不定会有收获。"

最后老李进行了总结发言,并布置了工作:"首先,要对事主进行安抚,做好绑匪来电的通话设计跟安排,争取时间;第二,留出九个人,分三组连夜认真分析所有调回的监控录像,寻找可疑人员跟可疑车辆;第三,老沈带队负责摸排近一年内全市范围内的刑满释放的大刑人员,并联系特情队,在社会特情人员中打探情况;第四,派一组人去事主家周边蹲守,寻找可疑人员。"

我和老王负责对事主进行安抚。面对事主夫妻的惊恐不安,说实话,我自己的脑子也是乱的,不知道该说些什么才能让他们安心,只能不停地宽慰他们,保证一定尽全力救回他们的孩子。我看不了事主那种痛苦无助的哭泣,便主动加入了看录像的工作小组,我恨不得一眼就能从录像中找到嫌疑人的线索。

也许有人觉得看视频是份很简单的工作,但如果放在一个案件中,尤其是绑架这种争分夺秒的案件中,这就是一份特别需要细心跟耐心的工作。你需要将自己认为有嫌疑的人员跟车辆都按照时间顺序记录下来,尤其是在那个高清探头还并不普及的年代,有时候一个车牌号码就需要反复进行核实,实在不能确定数字跟字母的,还要进行标注,跟有可能的数字进行排列组合。内勤的同志们会根据我们记录下来的车辆信息一个一个进行查询,再同车辆登记信息进行比对,然后根据驾驶员信息和关联信息进行初步筛查。

这是一个工作量超级大的工作,时间看似漫长又过得飞快,要不是思思姐将从食堂打回来的包子放在我面前,我都不知道已经是早晨8点多了。每个看视频的人都是双眼通红,眼睛又干又疼,我们已经把所有可疑的车辆情况都记录了下来,现在就等核查组的人去进一步确认了。

这时,突然听到有人过来说:"绑匪那边提前来电话了。"我的心一下子又提到了嗓子眼儿,刚刚拿起还没来得及吃的包子又被我放了回去。

几分钟以后,老李召集大家到小会议室集合。我们都赶紧跑了过去,到会议室时发现老李正在认真地听绑匪打电话时的录音。整个通话过程不到1分钟,事主说正在凑钱,但实在凑不上100万,对方答应将赎金降到50万,再给24个小时,而且明确说不会再降赎金。事主要求跟孩子通话,但是对方并没有答应,果断地挂掉了电话。正如我们所预料的,这次打过来的电话又是一个新的号码。

我正想说话,却被身旁的老王一把拉住。只见老李还在一遍一遍地反复听电话录音,神情若有所思,手里的香烟已经燃尽,他却浑然不知。大家都围在旁边,谁也没有说话,时间就像静止了一样,只有电话录音还在反复地播放。

突然,老李一下关掉了录音,不停地揉搓着手中早已熄灭的烟蒂,对着老王问道:"你还记得马老二吗?"

老王一愣,问道:"哪个马老二?"

"就是前几年咱们抓的那个非法持有枪支的马老二。我记得是判了七年吧,你赶紧去查一下,应该是2002年的事,看看他是不是出狱了。"

老王惊诧地说:"你怀疑是他?"

"我听着这个声音很熟悉,你先去查一下,看看他是不是出狱了。"

老王赶紧转身离开了会议室。

老李这才注意到我们大家都在,于是说道:"你们先忙自己的事去。"

我们刚要离开,思思姐突然拿着一张单子跑了进来,急匆匆地说道:"老李,你看看这辆车,它在事主老板家跟受害人学校周边都出现过,但是牌照应该是假的。这是一辆马自达3轿车,但与车牌号码对应的信息显示是一辆桑塔纳,应该是套牌车。"

我们赶紧都围了上去。老李说道:"这段录像是谁看的?赶紧给我调出来。"

老李将视频看完以后果断认定这辆套牌车应该就是绑匪用于前期跟踪和实施绑架的车辆,视频中的马自达3轿车是银灰色的,并且贴有很深的黑色车膜。因为监控探头的角度问题,我们没有办法直接观察到车内人员的情况。

老李说:"赶紧联系街道跟交管部门,将绑架案发生后周边五千米范围内所有安装监控探头的道路监控视频都调取回来,一定要找到这辆车的行车轨迹。"

"老李,老李,你说的那个马老二,四个月前已经被释放了。"老王还没进屋,他的喊声已经先传了进来。他跑进屋里,手中拿着一张个人人口信息登记表。

人口信息登记表被迅速递到老李手中,他的双眼紧紧盯着那张表,自言自语道:"马老二啊,看来这回咱们又要见面了。"我看着他坚定的眼神,实习时对他的崇拜之情再一次油然而生。

有了这些侦查方向,大家没有那么手足无措了。我跟老王第一时间赶到了马老二户口属地的派出所,讲明了目前的情况。为了不打草惊蛇,我们先让派出所的管片民警联系居委会,让他们在不说明案情的情况下去外围找邻居了解一些基本情况。我和老王不能直接走访,只能在所里焦急地等待。我一直在抽烟,老王则时不时地看看手表,不停地在屋子里走来走去,眼睛望着窗外出神。

"王哥,这个马老二是个什么人啊?为什么老李觉得他有嫌疑呢?您觉得是他干的吗?"我掐掉手里的烟问道。

我的话一下把他从出神的状态中拉回了现实,他停止踱步,回答道:"到底是不是他,要看证据。但是,咱们刑警有时候破案还真要相信直觉,这个东西说不清楚。可能天天跟这些犯罪分子打交道,自然而然就有了这种直觉。"

"那老李就听了那么一段录音，通过几句话就能认定说话的人是马老二，这也是直觉吗？"

"那不是直觉，那是经验跟阅历。我也很佩服他这一点，都过去七年多了，他竟然还能记得马老二的声音。"

"这个马老二是个什么人啊？"

老王回忆道："什么人？就是个混混儿，在家排行老二，没啥正经工作，之前因为寻衅滋事进去过，老婆也让他给打跑了。他自己从外地买了两把枪，本来想用这两把枪干票大的，还没等动手呢，就让咱们给抓了。当时他大概三十多岁，现在应该也四十多了吧。人倒是干脆，抓了就什么都招了，也没费事。"

"那要真的是他的话，这个人真是无可救药了。这才出来几天啊？"

"等等看吧，我现在就是担心啊……"

"如果是他，那咱们就好办了啊，至少知道嫌疑人是谁了，您还担心什么呢？"

他叹了口气，说道："这个人之前在监狱里待过十几年，心黑手狠，这次的绑架案要真是他干的，我还真有点害怕。哎呀，莫事，莫事，肯定莫事……"

老王说到这儿没有再继续说下去，双手开始胡乱地搓起脑袋，我能感觉到他好像变得更加焦灼了。情绪这个东西是会传染的，所以我也开始担心起来。

两个多小时以后，管片民警回来了，根据他们下去摸的情况来看，马老二现在并不在那里居住，家里只有他母亲跟老三一家人。邻居反映说，之前见过马老二带一个女的回来。听他们家老太太说，那个女孩叫李颖，是他儿子新找的女朋友，好像在饭店当服务员，具体是什么饭店就不清楚了。

老王问道："这个女的多大岁数，有什么特征没有啊？"

社区民警回答道："岁数不好说，邻居说看起来挺年轻的，说话是东北口音。对了，长头发，染成了黄色。"

老王立即将这一情况反馈给老李，并建议应该派一组人过来支援一下，先对马老二母亲家进行监控，重点是摸清楚他这个女朋友的情况。很有可能马老二会跟他的这个女朋友在一起，至于这个女的是不是也参与了这起绑架案，还需要进一步核实。

挂掉电话后，老王让社区民警换上便装，带我们到马老二家附近看了看，并给我们指明了单元跟房门号。大概也就半个多小时后，沈队派来支援的人到了，老王简单地跟他们交代了情况后就带着我先回队里了。

我们这一出一回，时间又过去了几个小时，转眼已是案发第二天下午1点多了。绑架案已经发生30个小时了。

老李看见我们回来，招呼我们赶紧先吃饭，说半个小时以后有新的任务。看着办公室桌子上内勤买的一桌子盒饭跟饮料，我才想起来这一天一夜我竟然还没有吃过东西。

"可以啊，这么丰富，看看都有什么吃的。"老王一边说一边打开了几个盖着的盒饭，自己挑了一个宫保鸡丁的盖饭吃了起来。他一边吃一边招呼我也赶紧吃。

我摆摆手说道："我不饿，吃不下去。"

老王感叹道："年轻人身体就是好，我可跟你们比不了，可把我给饿坏了。这吃饭也是刑警的基本功，学不会可不行！"

看着他吃完一盒又拿起一盒，我问道："吃饭算什么基本功啊？"

他解释道："当然算了，刑警吃饭讲究一个快和饱，谁知道下一个案子是什么？有时候一出去就是两三天。早几年，尤其是去外地弄案子抓人，真到了那个穷地方，一蹲守就是一两天，方圆几十里连个小卖部都没有，更别提饭馆了。你们是赶上好时候了，没吃过这个亏。"他一手拿着盒饭，一手拉我坐下。"听我的，赶紧吃点，老李不是说了，等会儿就有新任务了。谁知道这一出去什么时候才能回来，别等真要抓人的时候没劲儿啊。"

听他这么一说，我赶紧拿起一个盒饭吃了起来。但可能是因为一天一夜没有睡觉，没有刷牙，又加上上火，我根本吃不出饭菜应有的滋味。

再次到会议室的时候，我们发现人并不是很多，老李简单说了一下情况。根据最新的线索，马老二有重大作案嫌疑。此外，现在已经基本确定他的女朋友也参与了此次绑架案，刚才特情队的人已经摸到了马老二跟他女朋友的出租房信息。根据监控录像提供的线索，作案车辆今天上午出现在了东山附近，我们队跟沈队的人已经分成几组去周边寻找了。我师父马亮被调到了我跟王肖这组，等会儿去嫌疑人跟他女朋友的暂住地进行监控。

老王让我赶紧收拾好东西，拿上铐子准备出发。刚要出门的时候，我师父问我："你的手机还有电吗？记得拿上备用电池，指不定啥时候才能抓人呢。准备好了。"

我赶紧跑回宿舍拿了两块电池。我回来时老王早已坐在了驾驶的位置上，见我拿着电池上了车，他说道："以后买手机，别老追什么新款啊、功能啊。你学学我们老同志，就用飞利浦，充一回电能用一个星期。"

我们赶到嫌疑人暂住地时已经快下午3点了。他们的暂住地位于一个老旧小区，具体位置在二单元一层。老王让我师父马亮先去了解一下地形，再想办法看看家里是不是有人。

看着我师父背着他的斜挎包走进单元门，我问老王："这个不用去找居委会协助了解一下吗？我师父咋知道他们家有没有人啊？"

"这点小事你师父能弄明白,放心吧,他的鬼主意多着呢。"

时间一分一秒地流逝,转眼已过去快一个小时了。我问老王:"我师父不会有什么事吧?要不我给他打个电话或者发个消息?"

"你放心吧,他刚才给我发消息了,他正坐楼道里看书呢。"

我被他说得一愣,惊讶地问道:"看书?"

他点点头说道:"对啊,你没看见他是背着包进去的啊,他那个包里什么都有,零食、小说、杂志,要啥有啥。"

我们刚说完没过一会儿,我师父便一边嗑着瓜子一边走了回来,钻进车里。

老王问:"怎么样,什么情况啊?"

马亮回答道:"家里应该没有人,等会儿咱们这个车得换个地方。现在都4点多了,天一黑在这里就什么都看不清楚了。回头你们在车里待着,我呢,自己找个地方去。"

我好奇地问道:"师父,你咋知道他家没有人啊?"

马亮回答道:"我告诉你啊,这种老旧小区有个特点,就是每一层都是三家。这三家的电表箱都在楼道里,我刚才把他们家的电闸给拉了下来,又在二楼楼道里看了会儿书,一直没有人出来过,那肯定就是没有人在家。等会儿你们把车开到楼的正面,只要晚上他们家的灯亮了,就说明回来人了,我在楼道口这边观察着,咱们有事通电话就行。"

老王看看我,说道:"怎么样,你说你师父多坏,满脑子都是鬼主意。这招儿也就他能想出来。"

马亮反驳道:"这可不是坏啊,这叫智慧。别在我徒弟面前诋毁我。"

这一蹲守就是十几个小时,转眼就到了第二天早晨6点多,那屋子里的灯还是一直没有亮。我中间给师父打过电话,想换他回车里坐一会儿,他没有答应,说在哪儿都一样,反正都不能睡觉,外边更好,不容易困。真不知道他这一夜是怎么熬过来的,我跟老王好歹还能坐在车里。半夜的时候我就开始感激老王了,幸亏白天我听劝吃了一个盒饭,不然我现在估计已经饿瘪了。

　　一直等到7点多,绑架案已经发生48个小时。老王看了看表,给李队长打了一个电话,询问那边有什么进展,并汇报了我们蹲守监视的情况。老李说嫌疑人还没有联系事主,钱已经准备好了,让我们继续蹲守,等待消息。

　　看见老王挂掉电话,我问道:"今天嫌疑人会去交易吗?"

　　"应该会交易。"

　　"他们之前不是说今天上午8点交易吗?怎么不联系了呢?受害人不会有什么危险吧?"

　　老王搓了搓脸说道:"这个还真说不好,再等等吧。"

　　就这样,我们一直等到了中午。突然,李队长打来电话,说嫌疑人已经联系事主了,准备下午3点进行交易。李队还说,如果交易完成了,他们没有在现场将人抓获的话,那么嫌疑人或者他的女朋友很可能会回到暂住地,所以让我们一定要注意观察。

　　我刚挂了老李的电话,准备跟我师父说的时候,我师父就打来了电话。我还没来得及开口,那边就说让我赶紧过去帮他盯一会儿,他着急上厕所,夜里可能着凉了。

　　我在楼房前面的小绿化带处跟师父碰了面,他问了我一下有没有着急的情况。我说嫌疑人下午3点要交易,交易以后嫌疑人很可能会回到这里,老李让我们盯紧了。他"哦"了一声,转身就向小区外的公厕跑去。望着他那背影,我不禁喃喃自语:"他难道真的一夜没有上厕所……"

　　等师父心满意足地回来的时候,我坚持要替他在这边看着,让他去车里休息一会儿。他简单交代了几句便去找老王了。我远远地坐在小区绿化带的一角,看着楼道门口,手中紧紧攥着手机,既期待能有电话打进来,又害怕有紧急情况发生。这绝对是一种煎熬。

过了一会儿,老王买了饼干和水,给我送了过来。他说买别的吃的太扎眼,拿这些先垫一下肚子。吃着饼干,我有点恶心,并不是因为饿的,而是因为我已经两天两夜没有睡觉了,这是一种生理上的反应。

又过了一个多小时,队里派了沈炼、张剑和姜威来支援我们。可能老李想让我们先在车里休息一下,两组人倒班来盯。而且,万一嫌疑人回到这里,靠我们三个人抓捕是有困难的。

老王、我师父马亮和我三个人躺在车里的座位上,却没有人能睡着,只是闭目养神而已。我知道,大家的脑子里想的全是那个孩子现在怎么样了。

夜幕再次降临,我们已经在这里蹲守了一天一夜,李队长一直没有来电话。按照之前的约定,现在已经过了交易时间。为什么还没有动静?难道嫌疑人发现了什么?

突然,老王的电话响了起来!老王一边听电话一边"嗯嗯"地回应着,师父和我都焦急地看着他。挂了电话,老王对我们说,那边已经交易了,事主已经把钱给了对方。但对方并没有带着受害人来交易,他们约定收到钱以后会告诉事主释放孩子的地点。为了孩子的安全,我们的人并没有在现场进行抓捕。现在已经能初步确定,参与绑架的应该有四个人,去收钱的两个人就是马老二跟他的女朋友,另外两个人应该在看管孩子。老李说马老二跟他女朋友很可能会先回到这个暂住地,让我们做好抓捕的准备。

我们赶紧跟沈炼他们碰面说明了现在的情况,然后立刻进行了分工。我们六个人分成三组,我跟我师父一组,在楼道外的绿化带里隐蔽;沈炼跟姜威在二层的楼道里隐蔽;老王带着张剑在小区入口处观察隐蔽。工作布置完，老王又拿出马老二的情况信息表和照片让大家再次认真看了看。

果然，晚上9点多的时候，马老二带着他女朋友走进了小区，老王赶紧给我和沈炼他们发了消息。没等马老二他们打开门，我们就把他们给抓了。给他们戴上铐子的那一瞬间，我才稍微松了一口气。他的女朋友显得很惊慌，马老二却很冷静。我们没有给他们开口说话的机会，就把他们分开带上了两辆车。此时距离案发已经过去了61个小时。

一上车，老王开门见山，直接发问："马老二，说吧，孩子现在在哪儿呢？现在说还来得及，听见没有。"

马老二低着头一言不发。

老王接着说道："我跟你讲啊，我们能抓到你，就能找到孩子，说不说对你而言只是个态度问题。等我们把你带回刑警队你再讲，性质可就不一样了，你明白吗？"

他一边说一边给老李打电话，说人已经到位了，马上带回队里进行突击审查。挂了电话，老王赶紧从马老二身上掏出他的手机，开始查看他的联系电话跟短信内容，并嘱咐我开得再快点，赶紧归队。

过了一会儿，我突然听见老王问道："马老二，你发的这个消息是什么意思？'钱已收到，计划不变'是什么意思？"

马老二还是什么都不说。

到了队里，老李早已在门口等着了。嫌疑人被押下车的时候，李队长走过来用手抬起马老二的头问道："还认识我吗？还记得这个地方吗？"

马老二看了看周围，又看了看老李，苦笑了一下，说道："认识，这地方来一次一辈子都忘不了。这就是命，我这辈子注定栽你手里了。行了，我认了。"

"先别说'认了'的事，到这一步了，你不认行吗？我说你怎么越混越没出息了，刚从大狱里出来就拿个孩子较劲儿啊？你要还算个爷们儿，就赶紧跟我说孩子在哪儿，别让我看不起你。"

马老二点点头说道："那我就跟你聊，行吗？别人我不服。"

"别他妈跟我提条件，你没有提条件的资格。我能找到你就能找到你手底下的人。你若愿意说，我省点事，不愿意说，我也不求你，听明白了吗？"

"我知道我这事儿干得不地道，我也是没办法。"

"行了，别废话了，我就问你一句，孩子现在怎么样？'计划不变'是什么意思？给我个实话。"

"行。我手底下还有两个人在看着那个孩子，他们在等我的消息。本来我想我这儿收了钱，收拾好东西就给他们打电话，然后连夜就走的。这就是计划。"

"那怎么着，现在打电话给他们？"

马老二突然不说话了，好像在思考什么问题。我们所有人都看着老李。我刚有点放下的心一下子又提了起来。

老李走到我师父旁边轻轻说了几句，便让我跟师父先押着马老二去了审讯室，将老王单独留了下来。

审讯室内，马老二始终低着头一言不发。看着屋子墙上挂着的表，时间在一点一点地流逝，我有点沉不住气了，一拍桌子，走过去问道："你赶紧说，孩子在哪儿呢？你们到底有什么计划？"

马老二看着我，有点似笑非笑地说道："怎么着？着急了？我刚才说了，我只跟老李聊。不管你们问什么，我都不会说的。"

听到这儿，我伸手就想抽他，我师父走过来一把拉住我的手，慢悠悠地说道："你跟他较劲儿干吗？"

我师父把我拉到他身后，自己点上一根烟往审讯的椅子上一靠，说道："老二，上次抓你的时候也有我，你可能不记得了。我知道你这个人，给我们玩假仗义呢，是吧？想争取时间，让你的同伙赶紧跑是吧？我告诉你，别动那歪心眼儿了。知道为什么老李不跟你聊吗？因为你说不说，关系不大。"

马老二不屑地说："行了，你也别费劲儿了，我没什么可说的。你们有本事自己找去。我还告诉你，今晚12点我要是不给他们打电话，那孩子可就够呛了。到时候你们别后悔。"

我赶紧看了一下墙上的表，已经10点多了。

我师父依然一副不着急的样子，说道："12点？这不还有两个小时呢。要我说啊，你就是在里面待得太久了，已经跟不上形势了。不过话说回来，要说你一点都不知道吧，也冤枉你了。你在哪儿学的，还知道准备好几个手机卡联系事主啊？看电影学的吧？你自己好好琢磨琢磨，我还告诉你，电影里有的，咱们警察都能做到，不然怎么找到你的？我们两个就是在这儿看着你，你乐意说就说，不乐意说就拉倒。等会儿你那两个同伙一到位，肯定就都明白了啊。要钱的电话本来就是你打的，咱们也有录音。谁是主犯，是谁出的主意，谁分钱分大头，一切就很明显了，你爱说不说。就你这种人，我告诉你，我还真不希望你说，有前科加上拒不交代，这样就能多判你几年，争取让你一辈子都在里面过，别他妈出来祸害人。少给我们找点事儿。"

我师父停下来喝了口水，继续说道："对了，刚才在车上我们不是把你手机里联系过的电话都弄清楚了吗，我们的人现在正往你们同伙那边赶呢。估计不到12点，你们就能在这儿见面了。我倒想看看他们到时候是不是也会假仗义？"

我师父说时，我一直在观察马老二的表情变化。他已经从开始的满不在乎变得若有所思了。我知道，我师父说的并不全是诈他的话，老李没有着急进来审讯，应该是在部署下一步的解救方案。这说明我们现在确实占有主动权。

慢慢地，我也冷静了下来，说道："师父，你还有烟吗？我的抽完了。"

师父从兜里掏出他的红梅扔给了我。我拿出两根一起点上，递给师父一根。

我刚抽了几口，就听马老二说道："也给我来一根吧。"

师父瞥了他一眼，说道："你也想抽？凭什么啊，我挣钱买的烟为什么给你抽啊？我跟你熟吗？"

我一边抽烟一边漫不经心地看着他。很显然，他已经开始有点着急了，因为他在不停地搓手。

等我把一根烟抽完，马老二突然说道："你们能叫一下李队吗？我愿意配合，我给他们打电话，我告诉你们他们在哪儿，行吗？"

师父嘿嘿一乐，说道："别为难啊，你愿意说可以，我们队长愿不愿意见你，我可不能保证。"

马老二伸出手说道："先给我一根烟抽吧。"

我拿起烟刚要递给他，却被我师父拦住了。师父说道："没干活儿就要工钱，这可不行。等你交代完了再抽吧。"师父站起来打开门，喊来张剑跟沈炼，"你们先给看一会儿，我们去找老李，人家就想跟队长好好交代。"说完师父叫上我一起走出了审讯室。

刚一出来，我说道："师父，你可以啊，从来没见你这么牛×。真稳啊。"

我师父一边走一边开始擦汗："稳啥啊？急死我了，这孙子再不说，我都要抽他了。

老李看见我们进来，连忙问道："怎么样？有突破吗？"

师父回答道："还是你了解他，让你猜得准准的。他的心态已经崩了，等着跟你交代呢。"

"行啊，想说了就好，谁看着他呢？"

"老张跟老沈。"

"技侦那边已经定上位置了。赵天成已经带着人赶过去找人了。只不过他要是能自己说的话,咱们的把握就更大一点。孩子是第一位的。"说着他站起了身,"走吧,见见去吧。"

老李又看向我补充道:"对了,王晗,你等会儿跟老沈、老张等我消息。只要他一交代,你们就是第二组,马上出发,跟赵天成他们会合。"

老李跟师父走进审讯室将沈炼跟张剑换了出来。我赶紧将老李的意思跟张剑他们说了。然后,我们三个人就这么坐在办公室里沉默不语,像是准备上战场的士兵,时刻等待着冲锋的号角。

大约过了二十分钟,我师父慌忙跑出来,喊道:"走走走,赶紧上车。"

几个人急忙跑出办公室上了车。沈炼冲进了驾驶位置,问道:"老马,咱们去哪儿?"

师父回答:"去东山。"他一边说一边给赵天成他们打电话报告了详细位置,还在电话中说道:"注意寻找一辆没有挂牌子的金杯汽车。一定要快!对方要撕票!"

听到这儿,我们所有人都蒙了,我问道:"怎么会撕票?这孙子不是说那边的人听他指挥吗?怎么着,他在电话里通风报信了吗?"

车飞快地向东山疾驰,师父快速给我们介绍了情况。原来,马老二他们一共是四个人作案,除去他跟他女朋友,还有两个同伙。他们也是绑架后才知道绑错了人,但是已经作了案就不想白干,于是降低了赎金。他们原本是想拿完钱以后就放人的。可是在拿钱之前,他们无意中问了一下被绑架的小孩,问他知不知道自己在哪里。孩子虽然被蒙着眼睛,却特别聪明,因为路过公交车站的时候听见了外面的人说话,竟然知道自己在东山。绑匪们一听就傻了,就又开车绕了一圈，没想到孩子竟然知道他们在绕圈。所以，他们才将本来约好的交易时间调后了。最后，他们一商量，觉得如果收完钱以后放了孩子，孩子很可能给警察提供有效的线索。所以马老二决定由他跟他女朋友来拿钱，12点以后他的同伙做掉这个孩子，然后再跟他联系。他们今天压根儿就没想放掉孩子。

"师父，那个孩子现在怎么样？"我的心悬在了嗓子眼儿，急切地问道。

"我也不知道，刚才让他给同伙打电话，本来想让他找个理由让同伙把孩子给放了，但是电话一直无法接通。他们之前商量的就是上山找个地方把孩子给埋了，现在对方的电话打不通，很可能他们已经上山了。"

我的头皮一下就麻了……

"我×，这帮孙子！"沈炼和张剑也开始在车里骂街了。

此时的我已经没有力气骂娘了，我不敢想象如果孩子真的出了意外，我该如何面对他的父母，我之前跟他们做过保证，一定会把孩子给带回来。我已经不敢再往下想了……

不知道过了多久，我们的车到达了东山。突然，师父的电话响了，是赵天成打来的。他们已经发现了嫌疑人的金杯车，但是车里没有人，他们已经上山了，并把具体位置告诉了我们。有了具体位置，沈炼很快就将车开到了地方。只见属地派出所的警车也已经到了，路边除了那辆没有牌照的金杯车，停满了警车、救护车跟我们刑警队的车。派出所的人看见我们到了，赶紧迎上来说他们已经组织所里的民警跟我们队的人上山搜索了。我们接过所里的手电急忙也上了山，此时我心中在不停地祈祷，祈祷男孩千万别出事，千万别出事。

深夜在山里，即使有手电也很难看清楚道路，大家摸索着四处寻找……此刻我的双眼开始模糊，我已经分辨不出自己脸上是汗水还是泪水了，也许已经掺杂在一起了吧。

正当我们快要绝望的时候，突然右侧山上传来几道光亮，我们也连忙挥动手中的手电。此时，山上传来了赵天成他们的回应："人找到了！"听到这一句，四周搜索的人迅速朝山上奔去。

在山顶一处洼地，赵天成他们几个人跪在地上，双手拼命地在地上刨着，后来的人也迅速展开营救。赵天成流着泪抓着土里露出的一只小手，焦急地喊着："快啊快啊快啊！"喊声撕裂心肺！

那帮狗娘养的绑匪竟然真的把孩子活埋了！我们挖出孩子时，他几乎已无生命体征，救护人员上前抢救时，无数道手电光像眼睛一样注视着，没有人说话，没有人动，整个山顶顿时静得吓人。

一声轻微的咳声犹如天籁之音，牵动在场每一个人的神经。有人对着夜空喊了起来，更多人则一屁股瘫坐在地上。

孩子奇迹般地得救了！

我大口喘着气，泪眼望着四周手足无措的"战友"，手哆哆嗦嗦在身上摸不出一根烟。

受害人得救，嫌疑人全部落网。此时距离案发时间已整整67个小时。

老沈跟师父要把嫌疑人的车开回队里，所以回去时只能换我当司机。

开着开着，我整个人突然蒙了，不知道自己身在何处、该去往何地，竟然在一个立交桥下绕了好几圈，于是赶紧问身边的老王："现在咱们去哪儿？"

老王似乎刚睡着，被我叫醒后看了我一眼，问了我一句同样的话："现在咱们去哪儿？"说完就又沉沉地睡去了。

我将车停在路边，点燃一根烟靠在了车窗上，我突然感觉身上有些疼痛，脑中有些混乱。我看了看车窗外整个城市的万家灯火，又看了看夜空中高挂的月亮，才想起来案子已经被拿下来了，该回队里了。

是啊，回队，回刑警队。

我来刑警队已经5个年头了。我当刑警已经5年了吗？我问自己这个问题时，历历在目的竟然不是一个个案件、一次次抓铺，而是一张张普通平凡的脸，队长老李、我师父马亮、捷达张、花衬衫老沈、赵天成、姜威……当年毕业去派出所实习、想英勇非凡地干一番的我，在这些年这些人中被磨得越来越模糊，也练得越来越清晰了。

"要先保证自己的安全！"我曾经不理解我第一任师父郭志刚的这句话，其实，他还说过一句让当时的我更不以为然的话："办案不是逞英雄，这是工作！"

长期的责任，长期的耐心，长期的坚守，或者更有长期的喜欢和热情。

这是我的工作，坚如磐石，刚硬如铁！

不想了，工作一天最需要的就是回家洗个澡，一边听着喜欢的广播一边吃上一盘速冻饺子，然后躺在床上好好睡一觉，等待明天那崭新的太阳！